金田一耕助

きんだいちこうすけ

横溝正史

汐文社

著者紹介

横溝正史（1902年～1981年）

兵庫県生まれ。日本を代表するミステリー作家。1946年に執筆をはじめた長編小説『本陣殺人事件』で名探偵・金田一耕助が初登場する。『獄門島』『八つ墓村』『犬神家の一族』『悪魔の手毬唄』など、金田一耕助シリーズには映画化されたものも多い。

目次

キャラクター紹介

Kosuke Kindaichi

氏名	金田一耕助
生年月日	1913年の早生まれ
生まれた場所	岩手県
住所	東京・京橋の三角ビル、大森の割烹旅館などを転々としたあと、1957年に世田谷区緑ヶ丘の高級アパート・緑ヶ丘荘の二階三号室に転居
家族	ずっとひとり暮らし
学歴	東京の私立大学を一年ほどで中退し、アメリカへ渡ってカレッジを卒業
職業	私立探偵
特技	スポーツは苦手だが、スキーとボートだけは得意
風貌	髪の毛はスズメの巣のようにボサボサで、いつもしわだらけの着物に、よれよれのハカマをはいている
好きなもの	そば、和食、中華料理、タバコ
趣味	読書、旅行、歌舞伎・映画・絵画鑑賞、パチンコ
癖	興奮すると髪の毛をかきまわす

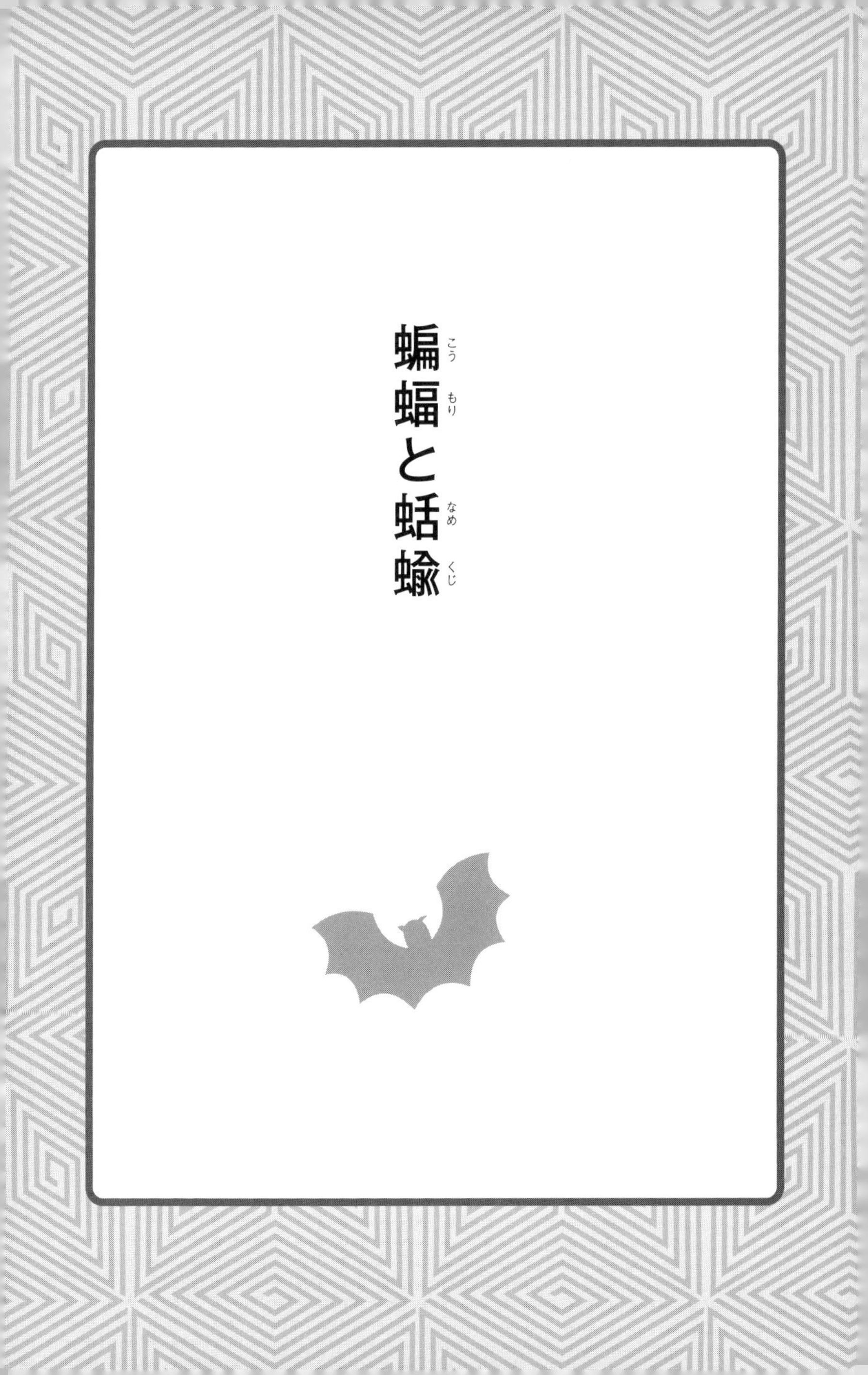

蝙蝠(こうもり)と蛞蝓(なめくじ)

おもな登場人物

湯浅順平……大学生。三階建てアパートの住人。

金田一耕助……湯浅の隣の部屋に引っ越してきた男。湯浅に言わせれば「蝙蝠」そっくり。

山名紅吉……三階建てアパートの湯浅の部屋の真上の部屋に住む学生。

加代……三階建てアパートの経営者・剣突剣十郎の姪。

お繁……三階建てアパートの裏にある家に住む女。湯浅に言わせれば「蛞蝓女」。

一

およそ世の中になにがいやだといって、蝙蝠ほどいやなやつはない。昼のあいだは暗い洞穴の奥や、じめじめした森の木蔭や、土蔵の軒下にぶらんぶらんとぶら下がっていて、夕方になると、ひらひら飛び出してくる。

第一、あの飛びかたからして気に食わん。ひとを小馬鹿にしたように、あっちへひらひら、こっちへひらひら、そうかと思うとだしぬけに、高いところから舞いおりてきて、ひとの頰っぺたを撫でていく。子供がわらじを投げつけると、いかにもひっかかったような顔をして、途中までおりてくるが、いざとなると、ヘン、お気の毒さまといわぬばかりに、わらじを見捨てて飛んでいく。いまいましいったらない。ヨーロッパの伝説によると、深夜墓場を抜け出して、人の生血を吸う吸血鬼というやつは、蝙蝠の形をしているそうだ。またインドかアフリカにいる白蝙蝠というやつは、実際に動物の生血を吸うそうだ。そういう特別なやつはべつとしても、とにかく、これほど虫の好かん動物はない。いつかおれは夕方の町を散歩していて、こいつに頬っぺたを撫でられて、きもを冷やしたことがある。それ以来ますます嫌いになった。

ところでおれがなぜこんなことを書き出したかというと、ちかごろ隣の部屋へ引っ越してきた男というのが、おれの嫌いな蝙蝠にそっくりなんだ。べつにつらが似ているわけじゃないが、見た感じがだ。なんとなくあのいやな動物を連想させるのだ。このあいだもおれがアパートの廊

＊きもを冷やした……ヒヤッとした。

下を散歩していたら、だしぬけに暗い物蔭からふらふらと出てきて、すうっとおれのそばへ寄ってきやァがった。おれはぎゃっと叫んでその場に立ち竦んだが、するとやつめ、フフフと鼻のうえに皺を寄せ、失礼ともいわずに、そのままふらふらむこうへいってしまやァがった。いま考えてもいまいましいったらない。

そもそも——と、ひらきなおるほどの男じゃないが、そいつの名前は金田一耕助というらしい。わりに上手な字で書いた名札がドアのうえに貼りつけてある。年齢はおれより七つか八つ年うえの、三十三、四というところらしいが、いつも髪をもじゃもじゃにして、冴えぬ顔色をしている。それにおかしいのは、こんな時代にもかかわらず、いつも和服で押しとおしている。ところがその和服たるやだ。襟垢まみれの皺苦茶で、なにしろああ敵のように着られちゃ、どんな筋のとおったもんでも耐まるまいと、おれはひそかに着物に同情している。しかし、ご当人はいっこう平気なのか、それともそういう取りつくろわぬ服装をてらっているのか、外へ出るときには、垢まみれの皺苦茶のうえに、袴を一着に及ぶ*んだから、いよいよもって鼻持ちがならん。その袴たるや——と、いまさらいうだけ野暮だろう。いまどき、場末の芝居小屋の作者部屋の見習いにもあんなのはいない。もっとも、小柄で貧相な風采だから、おめかしをしてもはじまらんことを自分でもちゃんと知っているのかもしれん。生涯うだつのあがらぬ人相だが、そこが蝙蝠の蝙蝠たるゆえんかもしれん。はじめおれは戦災者*かと思っていたが、べらぼうに本をたくさん持っているところを見ると、そうでもないらしい。アパートのお加代

＊一着に及ぶ……着ている。
＊戦災者……戦争によって傷を負ったり、家や財産を失った人。

ちゃんの話によると、昼のうちは寝そべって、本ばかり読んでいるが、夕方になるとふらふら出かけていくそうだ。いよいよもって蝙蝠である。

「いったい、どんな本を読んでいるんだい」

おれが訊ねると、お加代ちゃんはかわいい眉に皺を寄せて、

「それがねえ、気味が悪いのよ。死人だの骸骨だの、それから人殺しの場面だの、そんな写真ばかり出てる本なのよ。このあいだ私が掃除に入ったら、首吊り男の写真が机のうえにひろげてあったからゾーッとしたわ」

フウンとおれはしかつめらしく顎を撫でてみせたが、心中では大変なやつが隣へきたもんだと、内心少なからず気味悪かった。職業を訊くとお加代ちゃんも知らんという。

「なんでも伯父さんがまえにお世話になったことがあるんですって。それでとても信用してんのよ。でも、あんな死人の写真ばかり見てる人、気味が悪いわねえ、湯浅さん」

お加代ちゃんもおれと同意見だったので嬉しかった。

それにしても、隣の男のことがこんなに気にかかるなんて、おれもよっぽどどうかしている。おれは戦争前からこのアパートにいるが、いままでどの部屋にどんなやつがいるか、そんなことが気になったためしはない。むろん、つきあいなんかひとりもない。もっとも、三階の、おれの真上の部屋にいる山名紅吉だけはべつだ。その紅吉が、このあいだ、心配そうにおれの顔を見ながらに、こんなことをいった。

「どうしたんです。湯浅さん、お顔の色が悪いようですね。どこか悪い

んじゃありませんか」

「うん、どうもくさくさして困る。つまらんことが気になってね」

「まだ、裏の蛞蝓女史のことを気にしてるんじゃないですか。あんな女のこと、いいかげんに忘れてしまいなさい。ひとの身よりもわが身の上ですよ」

「ううん、いまおれが気にしてるのは、蛞蝓のことじゃない。こんど隣へ引っ越してきた、蝙蝠男のことだ」

「はてな、蝙蝠たアなんです」

そこで、おれが蝙蝠男の金田一耕助のことを話してやると、山名紅吉は心配そうに指の爪をかみながら、

「あなた、それは神経衰弱*ですぜ。気をつけなければいけませんね。当

＊神経衰弱……考えすぎて神経が疲れる病気。

分学校を休んで静養したらどうですか」

それから紅吉は、情なさそうに溜息をつくと、

「いや、お互い、神経衰弱になるのも無理はありませんね。私なんぞも、いつまで学資がつづくかと思うと、じっとしていられないような気持ですよ。今月はまだ部屋代も払ってないしまつでしてね」

と、さみしそうな声でいう。そこでおれもにわかに同情をもよおして、

「田舎のほう、やっぱりいけないのかい」

と、親切らしく訊いてやった。

「駄目ですね。財産税と農地改革*、二重にいためつけられてるんですから、よいはずがありません。没落地主にゃ秋風が身にしみますよ。学資はともかく、部屋代だけはなんとかしなきゃあと思ってるんですがね」

＊農地改革……終戦後におこなわれた日本農業の改革。これにより、タダ同然で農地を手放さなければならなくなった地主も多かった。

「なあに、部屋代のことなんざあどうでもいいさ。君にゃお加代がついているんだから大丈夫だよ」

おれがそういってやると、

「ご冗談でしょう」

と、紅吉はあわてて打ち消したが、そのとたんにポーッと頬を赧らめるのを見たときにゃあ、われにもなく、おれは妬ましさがむらむらとこみ上げてきた。山名紅吉、名前もなまめかしい*が、実際、大変な美少年である。

「ご冗談でしょう？ ヘン、白ばくれてもわかってるよ。君がお加代とよろしくやっていることを、おれはちゃあんと知ってるんだ。君はうまうま人眼を欺いているつもりだろうが、ヘン、そんなことでごまかされ

＊なまめかしい……色っぽくて美しいこと。

るもんか。だいたい君はみずくさいぜ。まえの下宿を追い出されてさ、いくところがなくて弱っているのをここのおやじの剣突剣十郎に口をきいてやったのはこのおれだぜ。いわば、このアパートでは先輩のおれだ。しかるになんぞや、いつのまにやら先輩を出し抜いて、お加代をものにするなんぞ……いや、なに、それはいいさ、それはいいが、なにも先輩のおれに隠し立てすることたァないじゃないか。お加代とできたのならできたと……」

おれは急にパックリと口を噤んだ。紅吉があっけにとられたように、まじまじとおれの顔色を見ているのに気がついたからである。いけない、いけない、おれはやっぱり神経衰弱かしらん。内かぶとを見透かされたような気がして、おれは急にきまりが悪くなった。ぬらぬらとした冷汗

が、体中から吹き出してきた。そこで、照れかくしに、かんらかんらと
豪傑笑いをしてやった。それからこんなことをいった。

「そんなことは、ま、どうでもいいや。金のことだって、いまになんとかなるさ。金は天下のまわりものさ。裏の蛞蝓を見い。このあいだまで、メソメソと、死ぬことばかり考えていやァがったが、ちかごろ、にわかに生気を取り返しゃアがったじゃないか」

「それゃア、裏の蛞蝓女史は、ああして売り飛ばす着物を持っとるです。しかし、われわれときた日にゃ……」

「まったく逆さにふるっても鼻血も出ないなア。君はそれでも、お加代がついてるだけましだよ」

「まだ、あんなことをいってる。それよりねえ、湯浅さん。裏の蛞蝓女

史ですがね、きょうまた着物を売って、たんまり金が入ったらしいですよ。さっき三階の窓から見ていたら、手の切れそうな札束の勘定をしてましたよ。ぼくアもう、それを見ると、世の中がはかなくなりましてねえ」

「ふうん」

おれは溜息とも、呻き声ともつかぬ声を吹き出した。それからにわかに思いついてこういった。

「おい、山名君、君、お加代もだが、ひとつあの蛞蝓女史にモーションをかけてみないかい」

「蛞蝓女史に、モーション、かけるんですって？」

紅吉はびっくりしたように、一句一句、言葉を切ってそういうと、眼をパチクリさせながら、おれの顔を見なおした。

＊世の中がはかなく……この世はもろくて、むなしいものだと思うこと。
＊モーション……誘い。

「そうさ、君なら大丈夫成功するよ。いや、あいつ、とうから君に思し召しがあるんだ。だからああして、わざと縁側に机を持ち出して、あんな変てこな書置きを書きやがるんだ。あれゃアつまり、君の同情をひこうという策戦だぜ。だからさ、なんかきっかけをこさえて、インギンを通ずるんだね。そして、嬉しがらせのひとつもいってやってみろ。部屋代の心配なんか、たちどころに雲散霧消すらあ。おい、山名君、どうしたんだい。逃げなくたっていいじゃないか。ちょっ、意気地のねえ野郎だ」

山名紅吉がこそこそと部屋を出ていってからまもなく、階下のほうでお加代さんの弾けるような笑い声が聞こえたので、おれはぎょっとした。気のせいか紅吉の声も聞こえるような気がする。ちきしょう、ちきしょう、ちきしょうと、おれは切歯扼腕した。なにもかも癪にさわってたま

＊とうから……前々から。　＊思し召し……異性にひかれる気持ち。
＊インギンを通ずる……親しく交わること。　＊雲散霧消……消えてなくなること。
＊切歯扼腕……くやしくて歯をくいしばり、自分の腕を強く握りしめること。

らん。お加代も紅吉も蝙蝠男も蛞蝓女も、どいつもこいつも鬼にくわれてしまやぁがれ！

二

きょう、おれは学校からの帰りがけに、素晴らしいことを思いついた。

そこで晩飯を食ってしまうと、さっそく机に向かって原稿紙をひろげ、まず、

蝙蝠男——

と、題を書いてみた。だが、どうも気に食わんので、もうひとつそのそばに、

人間蝙蝠——

と、書き添えてみた。そしてしばらく二つの題を見くらべていたが、結局どっちの題も気に入らん。第一、こんな題をつけると、江戸川乱歩の真似だと嗤われる。そこで二つとも消してしまうと、あらためてそばに、

蝙蝠――

と、書いた。これがいい。これがいい。このほうがよっぽどあっさりしている。さて、題がきまったので、いよいよ書き出しにかかる。

ええ――と、蝙蝠男の耕助は――なんだ、馬鹿に語呂がいいじゃないか。蝙蝠男の耕助か……ウフフ、面白い、面白い。だが――その後なんとつづけたらいいのかな。いや、それより蝙蝠男の耕助に、いったいなにをやらせようというんだ。――おれはしばらく原稿紙をにらんでいた

が、そのうちに頭がいたくなったので、万年筆を投げ出して、畳の上にふんぞり返った。実はきょうおれは、学校の帰りに、蝙蝠男の耕助をモデルにして、小説を書いてやろうと思いついたのだ。その小説のなかで、あいつのことをうんと悪く書いてやる。日頃のうっぷんを存分晴らす。そうすれば、溜飲*がさがって、このいらいらとした気分が、いくらかおさまりやせんかと思ったのだ。

しかし、いよいよ筆をとってみると、なかなか生易しいことで書けるのでないことが判明した。第一、おれはまだ、蝙蝠男の耕助に、なにをやらせようとするのか、それさえ考えていなかった。まず、それからきめてかからねばお話にならん。そこでおれは起き直ると、書こうとすることを箇条書きにしてみる。

＊溜飲がさがって……不平不満やうらみなど、胸のつかえがおりて、気が晴れること。

一、蝙蝠男の耕助は気味の悪い人物である。
二、蝙蝠男の耕助は人を殺すのである。
と、そこまで書いて、おれは待てよと考え直した。耕助に人殺しをさせるのは平凡である。そんなことで溜飲はさがらん。そこで筆をとって次のごとく書きあらためた。
二、蝙蝠男の耕助は人を殺すのではない。他人の演じた殺人の罪をおわされて、あわれ死刑となるのである。
うまい、うまい、このほうがよろしい。このほうがはるかに深刻である。身におぼえのない殺人の嫌疑に、蒼くなって周章狼狽＊している蝙蝠男の耕助の顔を考えると、おれはやっと溜飲がさがりそうな気がした。ざまァ見ろだ。さて――と、おれはまた筆をとって、

＊周章狼狽……あわてふためき、うろたえること。

三、殺されるのは女である。女というのはお加代である。
と、いっきに書いたが、書いてしまってから、おれはどきっとして、あわててその項を塗り消した。一本の線では心配なので、二本も三本も棒をひいた。おれはよっぽどどうかしている。お加代を殺すなんて鶴亀*鶴亀、あの子はおれに好意を持っている。いや、ちかごろ山名紅吉が移ってきてからは、少し眼移りがしているらしいが、元来、あの子はおれのものである、と、おれは心にきめとる。それにあの子がおらんと、このアパートは一日もたちゆかん。あの子はここの経営者、剣突剣十郎の姪だが、おやじの剣十郎はどういうものか、とかくちかごろ病いがちである。鬼のカクランで、しょっちゅう床についている。あの子がおらんと、アパート閉鎖ということにならぬとも限らん。あの子はまあ生か

＊鶴亀鶴亀……不吉なことを見たり聞いたりしたとき、縁起直しにいう言葉。

しておくことにしよう。

そこでおれはあらためて、どこかに殺されても惜しくないような女はおらんかと物色したが、するとすぐ思いついたのが裏の蛞蝓女。おれははたと膝をたたいた。そうだ、そうだ、あの女に限る。第一、あいつ自身、死にたがって、毎日ほど書置きを書いてやがるじゃないか。あの女を殺すのは悪事ではなくて功徳*である。そこでおれはあらためてこう書いた。

三、殺されるのは女である。女というのは蛞蝓女のお繁である。

こうきまるとおれは俄然愉快になった。一石二鳥とはこのことだ。蝙蝠男が隣へ引っ越してくるまでは、おれの関心の的はもっぱらこのお繁だったが、いまや一挙にしてふたりを粉砕することができる。名案、

*功徳……世のため、人のためになる良いおこない。

名案。
ところで小説というものは、いきなり主人公が顔を出しても面白くないから、まず殺されるお繁のことから書いてみよう。お繁のことならいくらでも書けそうな気がする。そこでおれはしばし沈思黙考のすえ、あらためて題を、
蝙蝠と蛞蝓――
と、書いた。それから筆に脂が乗って、いっきにつぎのごとく書きとばした。

三

いったい、その家というのは路地の奥にあるせいか、よくお妾*が引っ

＊お妾……結婚している男性が、奥さん以外にべつの家で養っている女性。

越してくる。このまえ住んでいたのも女給あがりのお妾だったが、その後へ入ったお繁もお妾である。お繁がその家へ入ってから三年になるが、戦争中はたいそう景気がよかった。それというのがお繁の旦那が軍需会社の下請けかなんかやっていて、ずいぶんボロイ儲けをしていたからだ。

ところが敗戦と同時にお繁の運がかたむきはじめた。まず、旦那が警察に引っぱられたのがけちのつきはじめだった。聞くところによると、終戦のどさくさまぎれに、悪どいことをやったのが暴露して、当分娑婆*へ出られまいとのことである。だが、そのころお繁はまだそれほど参ってはいなかった。戦争中旦那からしぼり上げた金がしこたまあって、当分、楽に食っていけるらしかった。ところが、そこへやってきたのが貯*

＊娑婆……俗世間。ふつうの人間が暮らしている世界。
＊貯金封鎖……銀行預金の引き出しに制限がかけられること。一九四六年におこなわれ、銀行から自由にお金をおろせなくなった時期があった。

金封鎖、ついでもの凄いインフレ*だ。貨幣価値の下落とともに、彼女は二進も三進もいかなくなった。お繁が二言目には死にたい、死にたいといい出したのはそれ以来のことである。

もっともこの女には昔からヒステリーがあって、よく発作を起こす。ただしその発作たるや唐紙*を破るとか、着物を食いやぶるとか、ひっくりかえって癪を起こすとか、そういうはなばなしいやつではなくて、妙に陰にこもるのである。その発作がちかごろ慢性になったらしい。すっかり窶れて蒼白い顔がいよいよ蒼白くなった。いや、蒼白いというよりは生気のない蒼黒さになった。そして、髪もゆわず、終日きょとんと寝床の上に坐っている。外へ出ると、世間の人間、これことごとく敵である、というような気がするらしい。

＊インフレ……インフレーションの略。物価が上がり、お金の価値が下がりつづける状態。戦争直後はインフレが急激に進行して、数年間で物価が何十倍にもなった。

＊唐紙……ふすまに貼る紙。

こういうわけでお繁はもう、広い世間に身のおきどころのないような心細い気持ちになり、さてこそ、ちかごろ死にたい、死にたいとやりだしたわけだ。しかも彼女は口に出していうのみならず、紙に向かって書きしるす。まず彼女は縁側に机を持ち出す。そのうえに巻紙をひろげる。そして、書置きのことと、わりに上手な字で書く。そしてそのあとへさんざっぱら、悲しそうなことを書きつらねる。書きながら、ボタボタと涙を巻紙のうえに落とす。これがちかごろの日課である。

ところで、お繁の家のすぐ裏には、三階建てのアパートがあって、その二階に湯浅順平という男が住んでいる（これは下書きだから、おれの本名を書いとくが、いよいよの時には、むろん名前は変えるつもりだ）。順平の部屋の窓からのぞくと、お繁の家が真下に見える。障子が開いてると座敷の中は見透しで、床の間の一部まで見える。順平はまえからお繁が嫌いであったが、ちかごろではいよいよますます、彼女を憎むことがはげしくなった。髪もゆわずに、のろのろしているお繁を見ると、日陰の湿地をのたくっている蛞蝓を連想する。順平は蛞蝓が大嫌いだ。

そのお繁がちかごろ縁側に机を持ち出して、毎日お習字みたいなことをやりだしたのはよいとして、書きながら、しきりにメソメソしている様子だから、さあ、順平は気になりだした。この男は一度気になりだすと、絶対に気分転換ができない性である。そこである日こっそりと、友人の山名紅吉のところから持ち出した双眼鏡で、お繁の書いているところのものを偵察したが、するとなんと書置きのこと。

これには順平も驚いた。驚いたのみならず、にわかにお繁が憐れになった。いままで憎んでいたのが相済まぬような気持ちになった。自業自得とは申せ、思えば不愍なものであると、大いに惻隠の情をもよおした。

こうして順平が同情しながら、一方、心ひそかに期待しているにもかかわらず、お繁はいっこう彼の期待に添おうとしない。つまり自殺しようとせんのである。それでいて、毎日、『書置きのこと』を手習いすることだけはやめんのだから妙である。はじめのうち順平は、正直にきょうかあすかと待っていたが、しまいにはしだいにしびれが切れてきた。

「ちきしょう自殺するならさっさと自殺しゃアがれ！」

だが、それでもまだしゃあしゃあと生きているお繁を見ると、順平はムラムラと癇癪を爆発させた。

「ちきしょう、ちきしょう。あいつは結局自殺なんかせんのだ。書置き

＊惻隠の情……他人をあわれに思って同情する気持ち。

を書くのが道楽なんだ」

ところがある日、順平は大変面妖*なことを発見した。昨日までメソメソとして、書置きばかり書いていたお繁が、きょうは妙ににこにこしている。久しぶりに髪も取り上げ、白粉も塗り、着物もパリッとしたやつを着ている。はて、面妖な、これはいかなる風向きぞと、順平が驚いて偵察をつづけていると、まもなく彼女はどこからか、手の切れそうな紙幣束を持ち出して勘定をはじめたから、さあ、順平はいよいよ驚いた。驚くというより呆れた。呼吸をのんで双眼鏡をのぞいてみると、札束はたっぷりと一万円はあった。お繁はそれを持って久しぶりに、しゃなりしゃなりと外出していったのである。

あとで順平が、狐につままれたような顔をして、ポカンと考えこんで

*面妖……奇妙なこと。

いた。いったい、どこからあんな金を——と、そこで、彼ははたと膝をたたいたのである。まえの晩のことである。お繁は二、三枚の着物を取り出して、妙に悲しげな顔をしながら、撫でたりさすったりしていたが、さてはあの着物を売りゃアがったにちがいない……。

この金があるあいだ、お繁は幸福そうであった。毎日パリッとしたふうをして、いそいそと楽しげに出かけていった。そして毎晩牛肉の匂いで順平を悩ませ、どうかすると、三味線など持ち出して浮かれていることもあった。ところがそれも束の間で、日がたつにしたがって、風船の中から空気が抜けていくみたいに、眼に見えて、お繁の元気がしぼんでいった。そして髪もゆわず、白粉気もなくなり、寝間着のままのろのろしている日が多くなったかと思うと、またある日、縁側に机を持ち出して、書置きのこと。

お繁はなんべんもなんべんもそんなことを繰り返した。そして、いよいよますます、順平をじりじりさせた。この調子でいけば、お繁の自殺は、いつになったら実現するかわからん、と順平は溜息をついた。着物道楽の彼女は、まだまだ売代にこと欠かん様子である。インフレはますます＊亢進していくが、その代わり、着物もいよいよ高くなっていくから、この調子ではあと一年や二年、寿命が持つかもしれん。それにだ、お繁はまだ若いのである。お化粧をして、パリッとしたみなりをしているところを見ると、まだまだ男を惹きつける魅力を持っとる。いつなんどき、＊ヤミ屋の親分かインフレ成金がひっかからんもんでもない。そうなったらもうおしまいである。未来永劫、彼女の自殺を見物するという楽しみ

＊亢進……物ごとの度合いが高まること。
＊ヤミ屋……法に反する非合法な商売をしている店。

は消し飛んでしまう……。

順平はだんだんあせり気味になったが、そういうある日、お繁は妙なものを買ってきた。金魚鉢と金魚である。世の中には金があると、うずうずして、なんでもかんでも手当たりしだい、買わずにいられんという人間があるもんだが、この女もそういう人種のひとりにちがいない。順平もそういう金魚鉢を、ちかごろ表通りのヤミ*市でたくさん売ってるの

*ヤミ市……非合法に設けられた市場のこと。終戦直後、食料や物が不足していた日本では、各地にヤミ市ができた。

を知っているが、そこから買ってきたにちがいない。ふつうありきたりのガラスの鉢で、縁のところが巾着の口みたいに、ひらひら波がたになっているあれだ。中に金魚が五、六匹泳いでいる。

つまらんものを買ってきたなと順平は心で嗤ったが、お繁がこの金魚ならびに金魚鉢を大事にすることは非常なものである。彼女は毎日水をかえてやる。ところが、この女はモノメニヤ*的性向が多分にあると見えて、水をかえてやるのが大変なのである。彼女はいちいち物尺を持ってきて、水の深さを測量する。なんでも、金魚鉢の首のところまで、きっちりしなければ承知ができんらしい。それより多くても少なくても、注ぎ足したり汲み出したり、そして、そのたびにいちいち物尺で測り直すのだから大変だ。さて、ようやく水の深さに納得がいくと、こんどはそ

＊モノメニヤ……ひとつのことに異常なまでに熱中する人。

れを、床の間へかざるのがまたひと仕事だ。なんでも、左の床柱からきっちり一尺のところへ置かんと気がすまんらしい。これまた、いちいち物尺で測ったのちに、やっと彼女は満足するのである。

こういう様子を見ていると、順平はいちいち、神経をさかさに撫でられるようないらだたしさを感じた。切なくて呼吸がつまりそうであった。ちきしょう、ちきしょう、ちきしょう。——と、全身がムズがゆくなるようないらだたしさに、順平は七転八倒するのである。殺してやる、殺してやる、殺してやる。——と、つい夢中になって叫んでいるうちに、彼ははっとして、自分の心のなかを見直した。そして、恐ろしさに、ブルルと身をふるわせた。しばらく彼は、しいんと黙りこんで、視線のさきをあてもなく見つめていた。

*一尺……約三〇・三センチメートル。

ふいに彼はけらけらと笑った。それから、なぜいけないいんだ。あの女を殺すことがどうしていけないんだと自問自答した。あの女は蛞蝓である。蛞蝓をひねりつぶすのに、なんの遠慮がいるものか。しかもあいつは道楽とはいえ、死にたがって毎日ほど書置きを書いているのではないか。

「よし」

と、そこで順平は決心の臍をさだめる。すると、近来珍しく、胸中すがすがしくなるのを感じたが、しばらくすると、しかし、待てよと、また小首をひねった。あの女は蛞蝓である。その点、疑う余地はない。しかし、あの女の正体を看破しているのは自分だけである。世間ではあいつ、立派に人間の牝でとおっている。とすれば、あんなやつでも殺した

＊決心の臍をさだめる……覚悟を決めること。
＊看破……見破ること。

ら、いや、殺したのが自分であるということがわかったら、やっぱり自分は警察へ引っぱられるかもしれん。悪くすると死刑だ。死刑はいやだ。蛞蝓と生命の取りかえはまっぴらである。

ここにおいて順平が思いついたのが、蝙蝠男の耕助のことである。そうだ、そうだ、蛞蝓を殺して、その罪を蝙蝠にきせる。おれの代わりに蝙蝠が死刑になる。ここにおいておれははじめて、めでたし、めでたしと枕を高くして眠ることができる。ああ、なんという小気味のよいことだ。考えただけでも溜飲がさがるではないか……。

四

おれはいっきにここまで書いて筆をおいた。これからいよいよ佳境*に

*佳境……おもしろいシーンのこと。ヤマ場。

入るところだが、そういっぺんには書けん。ローマは一日にして成らず、傑作は一夜漬けではできん。それに第一、いかにして蛞蝓を殺すか、そしてまた、いかなるトリックを用いて、蝙蝠に罪をきせるか、それからして考えねばならん。それはまあ、いずれゆっくり想を練ることにして、――と、おれはひとまず筆をおさめて寝ることにした。その晩おれは久しぶりによく眠った。

ところが翌日になると、おれはすっかり小説に興味を失ってしまった。昨夜書いたところを読み返してみたが、阿房らしくておかしくてお話にならん。こんなものをなぜ書いたのか、どうして昨夜は、これが一大傑作と思われたのか、自分で自分の神経がわからん。そこでおれは本箱のなかに原稿を突っ込んでしまうと、きれいさっぱりあとを書くことを諦めた。諦めたのみならず、そんなものを書いたことさえ忘れていた。ところが、――である。半月ほどたって大変なことが起こったのである。

おれはその日も、いつもと同じように学校へいって、四時ごろアパートへ帰ってきたが、見ると、表に人相の悪い奴がふたり立っていた。おれがなかへ入ると、そいつら妙な眼をして、ギロリとおれの顔を睨みやアがった。虫の好かん奴だ。おれはしかし、べつに気にもとめんとアパートの玄関へ入ったが、するとそこにお加代ちゃんと紅吉のやつが立っていた。ふたりともおれの顔を見ると、おびえたように、二、三歩あとじさりした。おれがなにかいおうとすると、お加代ちゃんは急に真っ青になって、バタバタむこうへ逃げてしまった。紅吉のやつもこわばったような顔を、おれの視線からそむけると、これまたお加代ちゃんのあとを追っていきやアがった。

どうも変なぐあいである。

しかし、おれはまだ気がつかずに、そのまま自分の部屋へ帰ってきたが、すると、さっき表に立っていた人相の悪いふたりが、すうっとおれのあとから入ってきやアがった。

「な、なんだい、君たちゃア――」

「湯浅順平というのは君ですか」

こっちの問いには答えずに、むこうから切り出しアがった。いやに落ち着いたやつだ。

「湯浅順平はおれだが、いったい君たちゃア――」

「君はこれに見憶えがありますか」

相手はまた、おれの質問を無視すると、手に持っていた風呂敷包みを開いた。風呂敷のなかから出てきたのは、べっとりと血を吸った抜身*の短刀だが、おれはそれを見るとびっくりして眼を見はった。

「なんだ、どうしたんだ、君たちゃア。その短刀はおれのもんだが、いつのまに持ち出したんだ。そしてその血はどうしたんだ」

「むこうにかかっているのは君の寝間着だね。あの袖についているしみはいったいどうしたんだね」

相手は三度おれの質問を無視しゃアがった。しかし、おれはもう相手の無礼をとがめる余裕もなかった。重ねがさね妙なことをいうと、後ろの柱にかかっている、寝間着に眼をやったが、そのとたんおれの体のあ

＊抜身……さやから抜き出した状態の刀。

らゆる筋肉が、完全にストライキを起こしてしまった。白いタオルの寝間着の右袖が、ぐっしょりと赤黒い血で染まっているのである。

「この原稿は、――」

と、人相の悪い男がおれの顔を見ながらまたいった。

「たしかに君が書いたものだろうね」

「わ、わ、わ、わ、わ！」

おれはなにかいおうとしたが、舌が痙攣して言葉が出ない。人相の悪いふたりの男は、顔見合わせてにやりと笑った。

「河野君、そいつの指紋をとってみたまえ」

おれは抵抗しようと試みたが、何しろ全身の筋肉が、完全におれの命令をボイコットしているのだからどうにもならん。不甲斐なくもまんまと指紋をとられてしまった。人相の悪いやつはその指紋を、別の指紋と比較していたが、やがて薄気味悪い顔をして頷き合った。

「やっぱりそうです。まちがいありません」

「い、い、いったい、君たちゃア」

突然、おれの舌がストライキを中止して、おれの命令に服従するようになった。そこでふたたびスト態勢に入らぬうちにと、おれは大急ぎでこれだけのことを怒鳴った。

「き、き、君たちゃなんだ。勝手にひとの部屋に闖入して、いつのまにやらおれの原稿を探し出したり、そ、そ、それは新憲法*の精神に反するぞ」

人相の悪い男はにやりと笑った。そしてこんなことをいった。

「まあ、いい。そんなことは警察へきてからいえ」

＊新憲法……一九四七年五月三日に施行された日本の新しい憲法（現在の憲法）。「国民主権」「基本的人権の尊重」「平和主義」の三つが大きな特徴。勝手に他人の部屋に入ることは「基本的人権の尊重」に反している。

「け、け、警察――？　おれがなぜ警察へいくのだ。おれがなにをしたというんだ」

「君はな、昨夜、その原稿に書いたことを実行したのだ。君のいわゆる蛞蝓を、この短刀で刺殺したのだ。さて、お繁を殺したあとで、君は金魚鉢で手を洗った。そのことは、金魚鉢の水が赤く染まっているのですぐわかるんだ。ところが、君はそのとき、ひとつ大縮尻を演じた。金魚鉢の縁をうっかり握ったので、そこに君の指紋が残ったのだ。なあ、わかったか。その短刀は、だれかが盗んだのだと言い訳することができるかもしれん、また、寝間着の血痕にも、もっともらしい口実をつけることができるかもしれぬ。しかし、金魚鉢に残った指紋ばかりは、言い抜けする言葉はあるまい。あるか」

なかった。第一、おれはお繁の家の金魚鉢になど、絶対にさわった覚えはないのだから。

「よし、それじゃ素直に警察へついてきたまえ」

人相の悪い男が左右からおれの手をとった。おれは声なき悲鳴をあげるとともに、首を抜かれたように、ぐにゃぐにゃその場にへたばってしまった。

五

それからのち数日間のことは、どうもよくおれの記憶に残っていない。警察へ引っぱられたおれは、五体の筋肉のみならず、精神状態までサボタージュ*していたらしい。元来おれは小心者なのだ。警察だのお巡りだ

*サボタージュ……本来は「破壊活動」を意味するフランス語だが、日本では、「なまける」という意味で使われることが多い。「サボる」という言葉はここからきている。

のと聞くと、この年になっても、五体がしびれて恐慌状態*におちいるという習慣がある。だから、はじめのうちはいっさい無我夢中だった。うまく答えようと思っても、舌が意志に反してうまく回らなかった。そして、そのことがいよいよ警察官の心証を悪くすることがわかると、ますますもっておれは畏縮*するばかりだった。

ところが——ところがである。四、五日たつと、警部の風向きが変わってきた。大変優しくなってきたのである。そして、こんなことを訊くのである。あなたは——と、にわかにていねいな言葉になって、お繁の家にあるような金魚鉢を、どこかほかでさわってみたことはないか。ああいう金魚鉢を、お宅の近所のヤミ市でたくさん売っているが、いつかそれにさわってみたことはないか、これは大事なことだから、ようく考え

＊恐慌状態……混乱してパニックにおちいった状態。
＊畏縮……緊張やおそれなどから縮こまること。

て、思い出してください、とそんなことをいうのだ。しかし、考えてみるまでもない。おれは何年も金魚鉢などさわったことがなかった。そこで、そのとおりいうと、警部はふうんと溜息をもらした。そして憐れむようにおれの顔を見ながら、あなたはきっと、度忘れをしているにちがいない、きっと、どこかでさわったにちがいない、今夜、ようく考えて思い出してごらんなさいといった。どうもその口ぶりから察すると、それを思い出しさえすれば助かるらしい気がしたが、憶えのないことを思い出すわけにはまいらん。

ところがその翌日のことである。いつものように取調室へ引っぱり出されたおれは、突然はっと、なにもかも一時に氷解したような気がした。と、いままでストライキしていた舌が、急におれの命令に服従するようになった。おれは大声でこう怒鳴った。

「そいつだ、そいつだ。その蝙蝠だ。そいつがやったことなのだ。そしておれに罪をかぶせやアがったのだ」

おれは怒り心頭に発した。地団駄ふんで叫んだ、怒鳴った、そして果てはおいおい泣きだした。あのときなぜ泣いたのかしらんが、とにかくおれは泣いたのだ。すると警部はまああというようにおれを制しながら、

「まあ、そう昂奮しないで。ここにいる金田一耕助氏は、君の考えているような人物じゃありませんよ。このひとはね、きょうはあなたにとって、非常に有利なことを報らせにきてくださったのですよ」

「嘘だ！」

と、おれは叫んだ。

「嘘だ、嘘だ、そんなことをいって、そいつらはおれをペテン*にかけようというのだ」

「嘘なら嘘で結構ですがね、とにかく私のいうことを聞いてください」

金田一耕助のやつ、長いもじゃもじゃ頭をかきまわしながら、にこにこ笑った。案外人なつっこい笑い顔だ。それからこんなことをいった。

「このあいだ、そう、あの事件のまえの晩のことでしたね。私が表から帰ってくると、あなたはお加代さんに呼ばれて、あの人の部屋へ入っていったでしょう」

「そ、そ、それがどうしたというんだ!」

おれはまだむかっ腹がおさまらないで、そう怒鳴ってやった。

「まあまあ、そう昂奮せずに――さてあのとき、お加代さんの部屋は

＊ペテン……詐欺。だますこと。

真っ暗だった。電気の故障だということだった。それで、その修繕にたのまれて、あなたはお加代さんの部屋へ入っていったのでしたね。あのとき私は、自分に少し電気の知識があるものだから、もしあなたの手にあまるようだったら手伝ってあげようと、部屋の外で待機していたんですよ。すると真っ暗な部屋のなかから、お加代さんのこういう声が聞こえた。湯浅さん、ちょっと、この電気の笠を持っていて――離しちゃ駄目よ、ほら、ここのはしを持って――お持ちになってて、ああ、やっぱりこっちへとっとくわ、危ないから。――ねえ、そうでしたね。あのとき、あなたは暗がりのなかで、お加代さんの差し出した電気の笠のはしを、ちょっとお持ちになったんじゃありませんか」

そういえばそんなことがあった。

「しかし、そ、それがどうしたというんだ」

おれはなんとなく心が騒いだ。舌が思わずふるえた。

「つまりですね、問題はそのときの笠の形なんですがね、お加代さん、どうしたのか、ちかごろ馬鹿にでかい笠をつけたじゃありませんか。朝顔みたいにこっぽりしたやつで、縁が巾着の口みたいにひらひらしている……」

おれは突然ぎょくんとして跳び上がった、眼がくらんで、顎ががくがく痙攣した。

「君は——君は——なにをいうのだ。それじゃ——あのときお加代さんが電気の笠だといって、おれに握らせたのが——」

「つまり、金魚鉢だったんですよ」

おれはなにかいおうとした。しかし舌がまたサボタージュを起こして、一言も発することができないんだ。すると金田一耕助はにこにこしながら、

「湯浅さん、まあ、お聞きなさい。このことに私が気がついたのは、あなたのあの未完の傑作のおかげなんですよ。あなたはあの小説のなかに、お繁という女が、金魚鉢について、いかにモノメニヤ的な神経質さを持っているか、ということを書いていますね。ところが、お繁が殺された現場にある金魚鉢は、あなたがお書きになった位置よりも、約一尺、つまり金魚鉢の直径ほど、右によったところにあり、しかも、なかの水も半分ほどしかなかったんですよ。その水が赤く染まっているところから、犯人が金魚鉢で手を洗ったことはわかっていますが、手を洗うのに

金魚鉢を動かす必要もなければ、また、水が半分もへるわけがない。そこで私はこう考えたんです。犯人は第二の金魚鉢を持ってきて、もとからあった第一の金魚鉢のそばに置いた。そして第一の金魚鉢の中身を、第二の金魚鉢に移したが、そのときあわてていたので半分ほどこぼした――と、このことは、床の間のまえの畳が、じっとりとしめってるのでも想像ができるんです。だが、なぜそんなことをしたのか、――それはつまり、あなたの指紋を現場に残しておきたかったからですね。そこで、昨日警部さんに頼んで、あなたに、どこかほかで、金魚鉢にさわったことはないかと、訊ねてもらったんです。しかし、あなたはそんな記憶がないとおっしゃる。そこでふと思い出したのが、先日のあの電気の笠のエピソードなんですよ」

「それじゃ——それじゃあのお加代が——」

おれはいまにも泣きだしそうになった。あのお加代が——あのお加代が——ああ、なんちゅうことじゃ！

「そう、あのお加代と山名紅吉の二人がやったんですね。というよりも、お加代が紅吉を唆かしてやらせたんですよ。湯浅さん、人間を外貌*から判断しちゃいけない。あのお加代という女は、年は若いが実に恐ろしいやつですよ。私がなぜあのアパートへ招かれていったと思います？　実は剣突剣十郎氏の依嘱*をうけて、剣十郎氏のちかごろ悩まされている、正体不明の吐瀉*事件を調査にいったんですよ。剣十郎氏はあきらかにある毒物を少量ずつ盛られていた。放っておけば、その毒物が体内につもりつもって、早晩命とりになるという恐ろしい事件です。私はちかごろ

＊外貌……顔だち。
＊依嘱……頼み。
＊吐瀉……口から吐いたり、下痢をすること。

やっと、その毒殺魔が姪のお加代であるという証拠を手に入れた、その矢先に起こったのがこんどの事件で、だから私ははじめからお加代に眼をつけていたんです。あいつは恐ろしい女ですよ。美しい顔の下に、蛇のような陰険さと貪婪*さを持った女です。あいつまえから、お繁の金に眼をつけていたが、その矢先に、あなたの原稿を見たので、それからヒントを得て、ああいう恐ろしい計画をたて、山名紅吉を口説き落として仲間に引きずりこんだんです。つまりあなたが空想のうえで私にしようとしたことを、すなわち自分で殺して私に濡れ衣をきせようという、あの空想を、お加代は実際にやって、しかも罪を背負わされる犠牲者にあなたを選んだのです。どうです、わかりましたか」

「それじゃ――それじゃ、――お加代は自ら手をくだして、――お繁を

＊貪婪……ひどく欲が深いこと。

殺したんですか」

「そう、半分――。半分というのはこうです。お繁は心臓をえぐられて死んでいたんですが、同時に咽喉のところに縊られた跡が残っていた。しかも、その跡は、心臓をつかれた後でも先でもないことがわかった。しかも心臓をえぐり殺したあとで、首を絞めるやつもありませんね。つまり、その跡は心臓をえぐると同時にできたものなんです。だから、これは一人の人間の仕業でないことが想像された。どんな器用な犯人でも、細紐で首を絞めながら、心臓をえぐるわけにいきませんからね。そういうことからも、共犯者のないあなたが犯人でないことがわかったし、同時にお加代と紅吉に眼をつけたというわけです。何しろ凄いやつですよ、お加代という女は――お繁の後ろからとびついて、細紐で首を絞め、そこを紅吉に突き殺させたというんですからね」

おれはもう口をきくのも大儀になったが、それでも突きとめるだけのことは突きとめておかねばならん。

「しかも、私に罪をきせるために、兇器として私の短刀を用いたんですね。そして私の寝間着に血をつけて……」

「そうです、そうです。あの短刀は二、三日前にお加代があなたの部屋から盗み出したもので、また、寝間着の血は、あなたが学校へいったあとで、お加代が自分の体からしぼりとった血をなすりつけておいたんです。利口なやつで、あの寝間着が発見されるのは、ずっとあとのことになり、それまでには血が乾いているだろうことを知っていたし、また、お繁が、自分と同じ血液型だということを、隣組*の防空やなんかでちゃ

＊隣組の防空……戦争中、空襲にそなえて、近所同士でおこなわれた防空訓練のこと。いざというときにそなえ、服の胸には、血液型を書いた名札が縫い付けられていた。

んと知っていたんですね」

おれは悲しいやら、恐ろしいやら、わけがわからん複雑な気持ちで、しいんと黙りこんでいたが、するとふいに金田一耕助が、にこにこ笑いながら、こんなことをいった。

「どうです、湯浅さん、あなたはこれでもまだ蝙蝠が嫌いですか」

正直のところ、おれはちかごろ蝙蝠が大好きだ。夏の夕方など、ひらひら飛んでいるのは、なかなか風情のあるものである。

それに第一、蝙蝠は益鳥*である。


*益鳥……害虫などを食べ、人や農作物によい影響を与える鳥。ただし、蝙蝠は鳥類ではなく、哺乳類である。

夢の中の女

おもな登場人物

金田一耕助……名探偵。
等々力警部……警視庁の鬼警部。金田一耕助の親友。
本多美禰子……新橋のパチンコ屋「大勝利」の看板娘。
本多田鶴子……本多美禰子の姉。
一枝……パチンコ屋「大勝利」のマダム。
花井達造……パチンコ屋「大勝利」の経営者。
来島武彦……本多田鶴子のファン。
猪場栄……本多田鶴子のパトロン（お金の援助をしてくれる人）。
猪場康子……猪場栄の妻。
西村警部補……北沢署の捜査主任。

夢見る夢子さん

一

金田一耕助のような職業に従事するものは、おそらく、ことの意外だとか、予想外のおどろきなどということには慢性*になっているだろうことが予想される。

かれのように社会の奸智*とたたかっている男が、いちいち、とほうもない、あるいは死にもの狂いの犯罪者たちの狡智*に驚嘆していては、心身ともにすりへらされてしまうであろうことは疑いをいれない事実である。

それにもかかわらず、これからお話しする『蛍光灯の女』の事件では、

*慢性……望ましくない状態が長く続くこと。この場合は、なれてしまっている、という意味。

*奸智……悪いことを考える知恵。　*狡智……ずるがしこい考え。

かれは冒頭から世にも異常なサープライズ＊を味わわなければならなかった。

それは盛夏の七月下旬のことだった。

朝早く、警視庁の等々力警部の電話におこされた金田一耕助は、ちょっと妙な事件が起こったが、それについてぜひお尋ねしたいこともあり、かつまたご相談申し上げたいこともあるから、至急、本庁までおはこびねがえないかという警部の丁重な要請をうけて、いささか不審の小首をかしげた。

いままでにもこういう要請をうけたことは珍しくない。しかし、それはいつの場合でも、ご相談申し上げたいとか、お知恵を拝借したいとかいう意味の要請で、お尋ねしたいことがあるというようなあいさつは珍

＊サープライズ……驚き。

しかった。

いったい、なにを尋ねたいというのかと、金田一耕助はちかごろ警部が頭をなやましている事件のあれこれをかんがえてみた。最近において、等々力警部のみならず、警視庁全体がいちばん頭をなやましている問題といえば、なんといっても百円紙幣の贋造事件である。それは警視庁のみならず、もはや大きな社会問題になっていた。

贋造された百円紙幣はじつに巧妙にできていて、素人目には本物と区別がつかない。それに、千円紙幣をさけて百円紙幣に目をつけたところにも犯人の賢明さがあった。

千円紙幣にくらべると、それより少額の百円紙幣が比較にならぬほど流通量の多いことはいうまでもない。それだけに、千円紙幣にくらべる

＊百円紙幣……この作品が発表された一九五六年当時の百円は現在の二千円くらいの価値があり、お札もあった。
＊贋造……ニセモノを造ること。この場合は、偽札。

とたいせつにされることも少なく、消耗やいたみかたもはげしい。

百円紙幣の贋造者はそれに目をつけたのである。発見された贋造紙幣はじつにおびただしい数にのぼっているが、それらはいずれも相当いたんでいるものばかりだった。だから、犯人は贋造紙幣を使用するまえに相当くちゃくちゃにしておくらしく、そのためにいっそう本物との区別がむつかしくなっているのである。

このことがいま警視庁の大きな関心事になっているのだが、しかし、さっきの警部の口裏から察すると、そのことではなさそうに思える。そうすると、なにか新しい事件が起こったのだろうか。

しかし、それにしてもじぶんに尋ねたいことがあるというのは、いったいどういうことだろうと、金田一耕助はふしぎに思いながら、しかし、させまってはほかに用事もなかったので、警部の要請に応じて出かけることにした。

そのときの金田一耕助の服装といえば、小千谷縮み*の白絣に夏袴をはき、頭にはまあたらしいパナマ*をかぶり、かれとしては珍しく男振りをあげているつもりで、内心大いに得意だったが、等々力警部はてんでそんなことは目にもはいらぬほど興奮していた。

「やあ、金田一さん、お呼びたてして申し訳ありません。ちょっと妙な事件が起こったんですが、あなた、本多美禰子という女をご存じですか」

警視庁の第五調べ室、等々力警部担当の部屋へはいっていくと、頭からこう浴びせかけられて、金田一耕助も面食らわずにはいられなかった。

「本多美禰子……？　そ、それはいったいどういう婦人ですか？」


*小千谷縮み……麻の織物。新潟県小千谷市周辺が生産地なので、こう呼ばれる。

*パナマ……パナマ帽のこと。パナマソウの葉を細く裂いた紐を編んで作られた、夏用の帽子。周囲にツバがついている。

金田一耕助は目をパチクリとさせたが、

「ご存じじゃありませんか。新橋にある『大勝利』というパチンコ屋の看板娘なんですがね」

と、等々力警部に注意されて、

「ああ、あの〝夢見る夢子さん〟」

と、おもわず息をはずませた。

「えっ、夢見る夢子さんとは……？」

と、こんどは等々力警部が目をみはる。

「いや、そういうアダ名があるんですよ、あの娘には……夢見る夢子さんというのは、だれかの漫画の女主人公らしいんですが、あの美禰子というのがひどく空想的な娘でしてね、いつもなにかこう夢想しているというふうなので、そういうアダ名がついてるんですがね。それで、なにかあの夢見る夢子さんが……？」

と、金田一耕助はふいと不安そうにまゆをひそめる。じつをいうと、金田一耕助は夢見る夢子さんの美禰子からある調査を依頼されながら、まだ果たしていないことを思い出したのである。

「ああ、それじゃ金田一さんはやはりあの娘をご存じなんですね。ところで、あなた、あの娘に手紙をおやりになったことがおありですか」

「手紙……？　いいえ」

「しかし、あなたはなにかあの娘から依頼されていらしたんじゃないですか」

「ああ、それは……」

と、金田一耕助はパナマ帽をぬいでもじゃもじゃ頭をかきまわしながら、ふしぎそうに警部のひとみをのぞきこんだ。

「じつは、この春ごろからちょくちょくとあの『大勝利』といううちへいくようになって、看板娘の夢見る夢子さん、すなわち美禰子という娘とも心やすくなったんですが、そのうちにあの娘、だれからかわたしの職業をきいたとみえて、ある調査をわたしが、まあ、依頼されたというわけです」

「その調査というのは、三年まえに殺害されてそのまま迷宮にはいっている美禰子の姉、いわゆる黒衣の女、本多田鶴子の事件についてじゃないんですか」

「そうです、そうです、警部さん」

と、金田一耕助はせわしくうなずいて、

「しかし、そのことでなにか……」

「いや、それについて、金田一さんはあの娘になにかいってやったことはありませんか。手紙やなにかで……？」

「いいえ」

と、金田一耕助はいよいよ驚いたような面持で、

「それはいまも申し上げたとおり、あの娘に手紙なんか出したおぼえはありませんが……」

「ところが、金田一さん、ここにこのような手紙があるんですがね」

と、警部が紙ばさみのあいだから取りあげた五、六枚の便箋をみると、金田一耕助はおもわずまゆをつりあげた。

それは、新聞あるいは雑誌類の印刷物から必要な文字をきりぬいて、便箋のうえに張りつけた手紙である。

金田一耕助もいままでたびたびこういう手紙を見てきたが、このような手紙のつねとして、筆者の名前がないか、たまたまあっても匿名にきまっているのに、その手紙にかぎって、

「ほら、金田一さん、ここにこの手紙の差し出し人の名前が……」

と、等々力警部の指さすところをみると、金田一耕助はおもわずぎょっと大きく目をみはった。

そこにはちゃんと、

『金田一耕助』

という名前が、印刷物から切りぬいた大小ふぞろいの文字で張りあわ

せてあるではないか。

金田一耕助はしばらく唖然として、じぶんの名前を見つめていたが、急にぷっと吹きだすと腹をかかえて笑いだした。

「いやあ、これはどうも。こいつはどうも。あっはっは、愉快ですなあ。匿名の手紙に、こともあろうにこのぼくの名前が利用されようとは……」

だが、しかし、等々力警部のむつかしい顔色に気がつくと、金田一耕助はとつぜん笑いの発作から立ちなおった。

「警部さん、それでこの手紙にはどんなことが書いてあるんですか」

「どうぞ、ごじぶんでお読みになって」

警部のおしやる便箋を金田一耕助はデスクごしにうけとると、最初の一枚から読みはじめたが、たちまちにしてかれはこのロマンチックな手紙に魅了されたのである。

それはつぎのような世にも奇妙な内容だった。

拝啓、過日、あなたよりご依頼をうけたあなたの姉上、本多田鶴子氏殺害事件につき、その後、調査を進めておりましたところ、この度ようやく犯人をつきとめることが出来ました。

しかし、なにぶんにも三年という時日が経過しておりますことゆえ、たしかな証拠をあげることが出来ないのをイカン*に思います。さりとて、このまま犯人を放置しておくのも残念センバン*。このうえは犯人にショックをあたえ、自供を強いるよりほかに方法はないと思うのですが、

*イカン……遺憾。残念なこと。
*センバン……千万。程度がはなはだしいこと。〜すぎる。

それについて、つぎのような指令にしたがっていただければ幸甚と思うのであります。

すなわち、来る明後日、七月二十五日は、あなたのお姉様、田鶴子氏のメイ日であります。その夜、あなたはお姉様のかたみのイブニングドレスを着て、これまたお姉様のかたみの真珠のクビ飾りを胸にかけてください。そうすれば、あなたは黒衣の美女といわれたお姉様にそっくりに見えましょう。

さて、そういう服装をして、あなたはきっちり夜の九時に、新宿駅の正面入り口へいくのです。そうすると、そこにわたしの部下が待っていて、あなたにホタルのいっぱいはいったランタンを渡すでしょう。このことがどんなに大事なことか、あなたにもおわかりでしょう。さて、それからあなたはまっすぐに代々木上原にあるかつてお姉様の住んでいられた家、すなわち、お姉様の殺害された家へいくのです。

（注意、あなたはレインコートかなにか着て、イブニングをきていることをかくさねばなりません。また、ホタルのランタンもふろしきにくるんで、ひとにしられないようにするのです。出来れば顔も他人の注意をひかないように）

さて、代々木上原の家は、事件の後、焼けてしまって、いまは廃墟になっております。しかし、あなたはなにも恐れることはないのです。あなたの背後にはわたしの部下が忠実な番犬のようについておりますから。しかし、部下に話しかけたりしてはなりませんぞ。

さて、あなたはお姉様の殺害された場所をしっておりますね。お庭のあの日時計のそば……あの日時計はいまもそのままありますから、あなたはそのそばの暗やみのなかに立って、だれかがくるのを待つのです。その時あなたはレインコートをぬいで、イブニング姿でいなければなりません。ただし、ホタルのランタンはまだふろしきにつつんでかくしておくのです。

やがて、九時半から十時までのあいだにだれかが……それが犯人なのですが……やってくるでしょう。あるトリックを使って、そいつがやってこずにはいられないようにわたしがたくらんでおいたのです。さて、その男が日時計のそばへやってきたら、あなたはふろしきをといて、いきなりホタルのランタンを相手の顔につきつけるのです。そして、出来るだけ恨めしそうな声で、つぎのようにいってください。

「三年まえにわたしを殺したのはあなたでしたね」

と。

それで万事オーケーです。

勇気をもって、しっかりと。決して、恐れたり、心配したりすること

はないのです。わたしとわたしの部下が、いつもあなたのそばについて

見マモっております。

金田一耕助

本多美禰子様

追記。この手ガミをこのような活字のハリアワセにしたたには、たいへ

ん大きなイミがあるのです。そのことについては、いずれあとで説明し

ましょう。

なお、このことはゼッタイにだれにも言ってはなりません。犯人はいま、とても神経質になっておりますし、それにカベにミミある世の中ですからね。

金田一耕助はこの興味ある手紙を読んでいくにしたがってしだいに興奮をおぼえてきた。そして、興奮したときのこの男のくせとして、バリバリ、ガリガリ、めったやたらともじゃもじゃ頭をかきまわしていたが、やがて、すっかり読みおわると、ぼうぜんたる目を警部にむけた。

「で……？」

「で……？」

と、等々力警部もおうむがえしに金田一耕助とおなじ言葉をくりかえ

ノ
犯人
ヲ
まゝ
残念
セ
い
た
だ
け
れ
姉上
服装

した。

「いや、警部さん、この手紙はいったいどこから発見されたんですか。夢見る夢子さん……いや、失礼、本多美禰子がもってきたんですか」

「いいや、そうじゃありません」

と、おさえつけるようにいう警部のほおに、とつぜん怒りの色がもえあがった。

「本多美禰子はその手紙の指令にしたがって行動したんです。そして、代々木上原にある焼け跡の廃墟のなかで、すなわち姉が殺されたとおなじ場所で殺害され、死体となって発見されたのです。その手紙は、美禰子の死体の胸のなかから出てきたのです」

金田一耕助はとつぜんイスのなかでずり落ちそうになっていくじぶん

を意識した。

すぐ目のまえにいる等々力警部の顔が、まるで一里*も二里も遠方にみえるような感じであった。

二

「つまり、こういうことになるんですね」

代々木上原へ自動車を走らせる途中である。等々力警部は腹立たしげにきっと前方に目をすえながら、ポキリポキリとまるで木の枝でも折っていくような調子で語っている。

「昨夜……というよりけさ、すなわち七月二十八日の午前一時ごろのこと。所轄警察のパトロールが焼け跡の付近を巡回していたところ、こわ

*一里……約三・九キロメートル。

れた塀のあいだからなにやらボーッと光るものが見えたんですね。それで、ふしぎにおもってなかへはいったところが、そこにホタルのランタンと死骸がころがっていたというわけです」

「しかし……」

と、金田一耕助はさっきの奇妙な手紙の文句を思い出しながら、

「被害者があの手紙の指令にしたがって出向いていってそこで殺害されたとしたら、それは二十五日の夜のことになるんでしょう。けさまでどうして発見されなかったものか……」

「いや、それがね、金田一さん」

と、警部はそういう質問を予期していたかのように、

「わたしもけさはやく現場を見てきたんですが、それはもうひどい雑草

でね、その雑草のなかに埋まっているんですから、ゆうべ……いや、けさだってホタルの光が見えなかったら、パトロールは気づかずにすましていたかもしれないんです」

「しかし、そのホタルはきのうもおとといも光っていただろうに……」

「それはそうです。しかし、それが見えるのは、パトロールがひょいとのぞいた塀のこわれめ、そこからだけしかみえないんですね。だから、きのう、おととい、そこを巡回したパトロールは、ついうっかりと見のがしてしまったんでしょう。それに、一昨日……すなわち二十六日の夜おそくから二十七日の朝へかけてひと降りあったでしょう。それでホタルが生色を取りもどしたんだろうといってるんですがね」

金田一耕助はしばらくだまって考えていたのち、

「それで、被害者が『大勝利』の美禰子だとわかったのは……？」

「ああ、それは死体のそばにレインコートがぬぎすててあったんですが、そのポケットに『大勝利』の宣伝マッチがはいっていたんですね」

美禰子はタバコを吸わなかったはずだが……と、金田一耕助はちょっとかんがえる。しかし、そのことについてはなにもいわなかった。

「そこで『大勝利』へ電話をかけたところが、マダムの一枝というのが駆けつけてきて、うちの事務員の美禰子にちがいないということになったんです。金田一さんはあのマダムに会ったことがありますか」

「それはもちろん、夢見る夢子さんと交替で玉売り場に座ってるんですから……なかなかあいきょうのあるべっぴんでしょう」

「ええ、びっくりして泣いてましたがね。あれが『大勝利』の経営者なんですか」

「いや、経営者というのは花井達造って男で、ほかにも二、三か所パチンコ屋をもってるんですが、一枝というのはつまり花井達造のめかけなんですね」

「あっはっは、金田一さんはなかなか通なんですね。よほどしげしげお通いだとみえますな」

「ええ、まあ、足場がいいもんですからね」

と、金田一耕助はにこりともせずに答えた。

「それで、マダムにはさっきの手紙のこと話しましたか」

「いや、まだ……しかし、マダムはあの家のことをしっていて、三年まえにここで殺された黒衣の歌手、本多田鶴子の妹だってんで、俄然、代々木のほうでも緊張したってわけです」

「マダムはそりゃしってるでしょう。ぼくもいちど夢見る夢子さんにあの焼け跡へつれていかれたことがありますからね」

「金田一さんが……？」

と、等々力警部はびっくりしたように金田一耕助の横顔をみて、

「美禰子という娘は金田一さんになにをもとめていたんですか。つまり、姉を殺した犯人をさがしてほしいと……？」

「そうです、そうです。それに、あの娘は妙な夢をもってましてね。つまり、姉を殺した犯人が、姉を殺した代償として、いまにじぶんを幸福にしてくれる。じぶんはいつまでもこんなパチンコ屋の売り子なんかしてる身分ではないと……一種のシンデレラを夢見てたんですね」

「なるほど、そこが夢見る夢子さんなんですな」

「ええ、そう。それに、あの娘、ごくわずかなあいだながら、姉のかなり豪奢な生活をしってるでしょう。だから、じぶんにだってあのような生活ができないはずがない。いつかじぶんにもああいう運命がめぐってくるにちがいないと、そういう夢想をもってたんですね。そして、だれにでもそんな話をするもんだから、いつのまにやら夢見る夢子さんにされちまったというわけです」

「そういえば、かなりかわいいことはかわいい顔立ちをしてますね」

「ああいうのが親兄弟もなくひとりぽっちで、都会のまんなかにおっぽり出されていて、しかも奇妙な夢をもっているんですから、危なっかしいといえばいちばん危なっかしい存在だったわけでしょうな」

＊豪奢……ぜいたくで、派手なこと。

その危なっかしい夢見る夢子さんから相談をうけながら、親身になって考えてやらなかったじぶんというものを、金田一耕助はいまつよく責めているのである。

「しかし、被害者がそういう夢想家だとすると、金田一さんの名前をかたったあの手紙は、被害者を誘い出すのにおあつらえむきの形態をそなえてたわけですな。イブニングドレスだの、真珠の首飾りだの、ホタルのランタンだのと、大いに夢見る夢子さんのハートの琴線にうったえたというわけですな」

「そういうことですね。夢子さんはときどき姉のかたみのイブニングをきてパチンコ屋の店頭にすわってましたからね」

金田一耕助は思いにしずんだ顔色で、

「ときに、警部さん、こんどの事件は三年まえの本多田鶴子殺しから尾をひいてるんでしょうかねえ」

「それはもちろんそうでしょうよ」

と、等々力警部はいくらか奇異な目で金田一耕助の横顔をぬすみ見ながら、

「被害者はああいう手紙で誘い出されているんですからね」

「そうすると、三年まえに本多田鶴子を殺した犯人が、ちかごろになってなにか美禰子を生かしておけぬ理由をもつにいたったというわけですか」

「ひょっとすると、犯人は美禰子にしっぽをにぎられたのかもしれない。つまり、美禰子に証拠になるような品をにぎられて……」

「しかし、それだと美禰子も警戒するでしょう。ああいう手紙につり出されるのおかしいとお思いになりませんか」

「いや、ところが……」

と、等々力警部はいちはやくさえぎって、

「美禰子のほうではそれが有力な証拠だとはまだ気がついていなかった。しかし、見るひとが見たら……たとえば金田一さんのようなひとが見たら、すぐにしりがわれてしまう。犯人はそれを恐れて、いちはやく美禰子をやってしまったんじゃあないですか」

「なるほど」

と、金田一耕助の返事はなんとなく気がなさそうである。

「どちらにしても、あなたの名前をかたったところをみると、犯人は被

害者があなたに事件の調査を依頼したことをしってたことはたしかです
からね」
「それはそうでしょう。だいたい、夢見る夢子さんというのが、夢想家
にありがちなおしゃべりで、思ったことを胸にためておけない性質でし
てね。だれにでもべらべらしゃべってしまう。また、ぼくに事件の調査
を依頼したとなると、それだけでもう解決したようにきめてかかるとい
う、なんというか、無邪気というか、楽天家というか、そんな女でしたね」
「なるほど。あの手紙の作成者は、そういう被害者の性癖にたくみにつ
けいったというわけですね」
自動車はそろそろ代々木へさしかかっている。明治神宮の森がしたた
るような緑の色をにじませて、セミの声がかまびすしく自動車のなかま

で聞こえてくる。きょうも暑くなりそうな炎天が、緑のマスの背後にひろがっている。

「ときに、金田一さんは三年まえの本多田鶴子殺しについて研究してごらんになりましたか」

「はあ、夢見る夢子さんにたのまれて以来、ひととおり当時の新聞の切り抜きに目はとおしてみましたがね」

と、金田一耕助はあいかわらずもの思わしげなまなざしで、

「当時の捜査当局の見解では、流しの説が有力だったようですね」

「いや、もう面目ない話で……なにしろ、関係者の証拠がためがかたっぱしからくずれていってしまったもんですからね。そういえば、田鶴子という女にも夢想家らしいところがあったんでしょうな。ああしてホタ

ルのランタンをもって、夜おそく庭を徘徊*してたところなんざ」

「ええ、そう。あの夢見るようなまなざしと、いつも黒い衣装をつけていたところから、黒衣の歌手だの、なぞの女だのと騒がれたんですね」

いまここに話題にのぼっている本多田鶴子というのは、かつてかなり人気をもっていたシャンソン*歌手だった。彼女の歌いぶりは、歌うというより語るような、語るというよりつぶやくような、つぶやくというよりはささやくような、ささやくというよりはすすり泣くような……だから、悪口をいうものは彼女のことを、雨ショボ歌手だの、さみだれ歌手だのと非難したが、しかし、彼女の人気もそういう哀切な歌いぶりからきていることはたしかだった。

田鶴子はそういう歌いぶりをより強調するために、いつも黒以外の衣

＊徘徊……あてもなく歩きまわること。
＊シャンソン……フランスの流行歌。

装は身につけなかったし、アクセサリーといえば真珠の首飾りだけ。そして、舞台でもテレビでも、いつも夢見るようなまなざしをしているのが特徴でもあり、ひとつの魅力にもなっていた。

田鶴子には四年まえにパトロン*ができた。パトロンは太陽光学の社長で、猪場栄という人物だった。猪場氏は、田鶴子と関係ができると、代々木上原にある友人の家をかり

*パトロン……後援者。お金を援助してくれる協力者。

て、そこへ田鶴子をすまわせた。それまでアパートでひとり暮らしをしていた田鶴子は、家ができると郷里から妹の美禰子をよびよせて東京の学校へいれた。そのとき、美禰子はまだ十五歳で、中学の二年生だった。ところが、それから一年もたたぬある夏の朝、すなわち三年まえの七月二十六日の朝、田鶴子が庭の日時計のそばで、何者にともしれず絞め殺されているのが、静乃というばあやによって発見されたのである。

そのとき、彼女は黒のイブニングを身につけ、真珠のネックレスを胸にかけていた。そして、そばにはホタルのいっぱいはいったくもりガラスの円筒型のカンテラのようなものがころがっていた。

当時、このホタルのランタンが、大いに問題にされたのである。

あるひとはそれを、あいびきの合図に使っていたのではないか、すなわち、ホタルのランタンを見かけたら、パトロンに内緒の愛人が忍んでくることになっていたのではないかと憶測した。しかし、彼女をよくしっているひとたちはそれを打ち消し、田鶴子はなにか新しい演出効果をねらっていたのだろうと主張した。

キャバレーなどで歌うばあい、彼女はいつも照明のうすぐらいのをよろこんだ。そのほうが彼女の歌いぶりにマッチしていたからである。だから、田鶴子は新手として、すっかり明かりを消したステージへホタルのランタンをもって登場するというようなことをかんがえて、その練習をしていたのではないかというのである。

それはいかにもありそうなことで、彼女はよく夜おそく庭をそぞろ歩きしながら歌の練習をしていたそうである。

捜査当局は、しかし、はじめのうち以上ふたつの場合を折衷*してかんがえていた。なるほど、田鶴子は舞台効果をねらってホタルのランタンを用意していたのかもしれないが、それをあいびきの合図に使用しなかったともいえないのではないか、という考えかたである。

そこで田鶴子の素行が調査されたが、どちらかというと彼女は内気でじみなほうで、パトロンのほかに愛人があるとも思えなかった。ばあやの静乃も、うちのおくさまに限って……と、愛人うんぬんのことはぜったいに否認した。ただ、ときどき、近所のアパートに住む来島武彦という学生があそびにくることはきたが、それも田鶴子のファンというにすぎず、それ以上の関係があったとはぜったいに思えないと主張してゆずらなかった。

*折衷……いくつかの考え方のよいところを合わせて、ひとつにまとめること。

しかし、来島武彦はいちおう厳重に取り調べられたが、かりにかれと田鶴子と肉体関係があったとしても、田鶴子を殺害しなければならぬような動機はすこしも発見されなかった。ふたしかながらもアリバイもあった。

さて、パトロンの猪場栄氏だが、このひとは当時大阪へ出張していたので、これまた問題にならなかった。ただ、猪場氏の夫人の康子というのがそうとう嫉妬ぶかいひとで、夫と田鶴子との関係を苦にやんでいたという説があるので、そのほうへいささか疑惑の目がむけられたが、しかし、犯行はあきらかに男の手によってなされたものであった。しかも、猪場氏と康子夫人のあいだには和子という娘がひとりあるきりで男の子はなかった。

そのほか田鶴子の職業上の知り合いなどがつぎからつぎへと調べられたが、だれひとり田鶴子を殺害しそうな人物はなかった。まえにもいったように、じみで、内気で、どちらかというと孤独を愛するふうがあった田鶴子に命までねらう敵があろうとは思えぬというのが、彼女を知っているひとたちの一致した意見であった。

結局、こうしてこの事件は迷宮入りをしてしまった。その後の捜査当局の意見では、流しの強盗が忍びいり、田鶴子に見とがめられたので絞め殺してしまったが、急に怖くなり、なにも盗まずに逃走したのではないかというのが、しだいに有力になってきていた。

ここに哀れをとどめたのは美禰子だった。その家が田鶴子の名義になっていれば、それは当然、彼女の財産になったはずである。しかし、あいにくそれは借家だった。そこで、家財道具を売り払った金と、田鶴子の貯金だけが姉の遺産として美禰子にのこされた。

しかも、猪場栄氏はこの事件にこりたのと、夫人の康子がよろこばないので、後始末のいっさいがおわると、美禰子を郷里へ送りかえした。

しかし、いちど東京の味をおぼえた美禰子に、とても田舎住まいはできなかった。それに、姉からのこされた金がまだそうとうあったので、一年ほどすると彼女はばあやの静乃をたよって上京してきた。そして、昨年『大勝利』に職を見つけて看板娘になったのだった。

三

午前十一時。

金田一耕助と等々力警部をのっけた自動車はやっと現場へ到着したが、みるとあたりは黒山のひとだかりだった。気がつくと、きょうは日曜日である。そのひとだかりをかきわけて、ふたりは廃墟のなかへはいっていった。

「警部さん、この家は田鶴子の事件があってから半年ほどのちの冬に焼けたんでしたね」

金田一耕助は、雑草におおわれた廃墟のなかを見まわしながら、物思わしげな口調だった。

「そうです、そうです。なにしろ、ああいう事件があったので住まいてもなく、空き家のままほうってあったんですが、それが自火*を出して焼けたので、なにかあの事件に関係があるのじゃないかとわれわれもちょっと緊張したんですが……」

「結局、空き家をねぐらにしていた浮浪者の失火ということになったのでしたね」

「その点はもうまちがいないと思っていたんですが、しかし、こんどのようなことが起こってみると、なんだかまたいろいろと……」

と、等々力警部は渋面をつくっている。

哀れな美禰子の死体は、まだ日時計のそばの雑草のなかに埋もれたままおいてあった。夢想家にありがちな、華奢で繊細で、色の白いすきと

＊自火……自分の家から出した火事。

おるような膚の色さえ、こわれもののビードロ細工を思わせるようである。うまれつきまつげのながい黒目がちの大きな目をしていたが、それがいまくわっと恐怖の表情をたたえて見開かれているのが、このうえもなく哀れである。

手紙に指定されているように、美禰子はくろいイブニングをきて、首に真珠のネックレスをまきつけているが、その細いのどのあたりにくっきりと大きな親指のあとがふたつなまなましくきざまれているのをみると、金田一耕助は鼻をすって、おもわず顔をそむけずにはいられなかった。

かれはいま、この哀れな娘のために力になってやれなかったことについて、ふかくおのれを恥じているのである。

　その金田一耕助の目にうつったのは、草むらのなかにころがっているる乳白色をしたガラスの、太くみじかい円筒である。それは蛍光灯のなかみをぬいて容器のいっぽうにひもをとりつけたもので、これならどこででも手にはいるから、大した証拠になりそうもない。乳白色のガラスの内部を、ガサゴソと音を立てて小さい虫がはっていた。ホタルである。

「西村君、その後、なにか発見したかね」

「いやあ、それが……なにしろ長いあいだの炎天つづきのあとへ、一昨夜からきのうの朝へかけて土砂降りでしょう。足跡がのこっていたとしても、あの雨ではねえ。せめて一昨夜の宵のうちにでも気がつきゃあよかったんですが……」

　いまいましそうに舌打ちをしているのは、所轄北沢署の捜査主任、西村警部補である。刑事たちは雑草をかきわけてうの目たかの目のていたらくだったが、これという目ぼしい発見もないらしい。

「ただね、警部さん」

と、西村警部補が声をひそめて、

「あそこで『大勝利』のマダムと話をしているわかい男がいるでしょう。あれが三年まえの事件のときいちばん黒いとにらまれた来島武彦なんです。やっこさん、ちょくちょく『大勝利』へ出向いて、きょうの被害者とはその後もつきあっていたらしいんですよ」

等々力警部はギロリと目を光らせて、

「その来島がどうしてここへ……?」

「いや、ここで人殺しがあったと聞いて駆けつけてきたというんです。

やっこさん、いまでもすぐむこうにあるヨヨギ・アパートにいるんです」

なるほど、それはまだたぶんに学生臭をおびているわかい青年で、ギャ*バのズボンにアンダーシャツ一枚、素足にサンダルをひっかけていた。

「マダムのそばにいるもうひとりの男は……?」

「あれがマダムのパトロンで、花井達造という男ですよ」

金田一耕助がすばやくこたえるのを小耳にはさんで、

「あっ、それじゃマダムというのは二号なんですか。わたしゃまた、うちの主人ですと紹介されたから、亭主だとばかり……」

西村捜査主任の言葉をあとに聞きながして、金田一耕助は雑草のなかをかきわけていった。

「やあ、マダム、とんだことがもちあがったねえ」


*ギャバ……ギャバジンの略。織目がきつく丈夫に作られた布のこと。

金田一耕助が声をかけると、焼けくずれのコンクリートに腰をおろして花井や来島と話をしていたマダムの一枝が、はじかれたように立ちあがった。

「あら、金田一先生、とうとうこんなことになってしまって……」

と、マダムはそうとう赤く泣きはらした目へまたハンカチを押しあてた。

「とうとうって、マダムはこういう事態を予測してたんですか」

「あら、いいえ、そういうわけじゃありませんが、あたしせん*からあの娘に忠告してたんです。姉さんの事件なんか忘れてしまいなさいって。あの娘、先生にもなにかお願いしてたんじゃありません?」

一枝は三十二、三という年ごろだろう。やせぎすの、目の大きな、ど

*せん……以前。

ちらかというと日本風の和服の似合いそうな女で、せんにはどこかで芸者をしていたという話である。

「ええ、たのまれたことはたのまれてたんですがね、なにしろ三年もまえの事件で……マスターもごいっしょにいらしたんですか」

だしぬけに声をかけられて、麻の夏服にヘルメット*をかぶった二重あごのでっぷりふとった男がびっくりしたように目をみはって、

「一枝、こちらさんは……？」

「はあ、あの、金田一耕助先生とおっしゃって、なにやかやと調査をなさるかた。うちのごひいきさんで、美禰ちゃんともご懇意*でしたの」

「ああ、それはそれは……」

と、くびれるような二重あごの汗をぬぐいながら、花井はにこにこわ

＊ヘルメット……ここでのヘルメットは、頭を守るための硬いものではなく、布張りのサファリハット（探検帽）のこと。
＊懇意……親しくて仲よくつきあっていること。

らって、

「いや、わたしはさっきこれからの電話で駆けつけたというわけで、なにしろ、こういうことになれんものですから、これもすっかりとまどってしまって……」

「あの、失礼ですが、金田一耕助先生ですね」

と、そのときそばから口を出したのは来島武彦である。武彦の目には一種異様なかぎろいがうかんでいる。

「はあ、ぼく、金田一耕助ですが……」

「先生にはもうこの事件の犯人はおわかりになってるんでしょう」

「まさか……でも、どうして?」

「だって、美禰ちゃんを殺したのは、三年まえに田鶴子さんを殺したやつでしょう。ところが、美禰ちゃんの話では、金田一先生がとうとうお姉さまを殺した犯人を見つけてくだすった、いま証拠を集めていらっしゃるから、とおからず犯人もつかまるでしょうと、そんなことをいってましたよ」

「それはいつのことですか」

と、西村警部補が口を出した。

「あれは……そうそう、サラリー・デー*でしたから、二十五日の夕方でした。ぼく、美禰ちゃんといっしょに晩飯をたべたんです。そのとき、美禰ちゃんがとてもおびえたり、興奮したり、ようすが変なんできいてみたら、あたし、そのうちに殺されるかもしれないなんていうんです。それでぼくがつっこんだら、いまいったようなことを打ち明けたんです。

＊サラリー・デー……給料日。

ぼく、美禰ちゃんの性質をしっていますから、そのときは大して気にもとめなかったんですが、いまになって考えると……」

と、武彦は手の甲で額の汗をぬぐった。

「来島君、君は偶然『大勝利』へいくようになったの」

と、これは等々力警部の質問である。

「いいえ、美禰ちゃんのほうからぼくのアパートへあいさつにきたんです。こんどここで働くことになったから遊びに来てくださいって。そういえば、田鶴子さんのパトロンだった猪場氏なんかもちょくちょく『大勝利』へきてたようです」

等々力警部と金田一耕助は、おもわずはっと顔見合わせる。

田鶴子と縁のふかかった男がふたりまで『大勝利』の客だというが、

これでみると美禰子はなにか画策していたのではなかろうか。そして、それに深入りしすぎたがために、ぎゃくに犯人にやられたのではないか。

そこへ私服が汗をふきながら野次馬をかきわけてやってきた。

「ああ、主任さん、猪場栄氏は、目下大阪へ出張中だそうです。今晩か明朝帰京する予定だという夫人の話なんですが……」

「あの男、また旅行中か」

とおもわずつぶやいて、西村主任は等々力警部をふりかえった。

あの男、なにか事件があるといつも旅行しているとそういいたかったのを、さすがにひかえたという顔色だった。

姉のあずかった物

一

「やあ、昨日は失礼いたしました。飛行機で夕方かえってきたんですが……」

その翌日、等々力警部にひっぱり出されて、金田一耕助もいっしょに丸の内にある太陽光学の本社を訪れると、猪場氏はこの来訪をあらかじめ期待していたようだった。愛想よくふたりにイスをすすめながら、

「こちら、金田一先生じゃありませんか。夢見る夢子さんから話は聞いておりました」

と、目じりにしわをたたえてにこにこしているところをみると、知性

もあり、なかなかよい男振りである。髪もひげもごま塩まじりだが、これがちかごろはやるロマンス・グレー*というやつか。やせすぎず、太りすぎず、ゆったりとした人柄である。

「夢見る夢子さん……いや、美禰子という娘は、金田一さんのことをあなたに話しましたか」

「ええ、聞きましたよ。なんべんも。いまに金田一先生が姉のかたきをとってくれるって……しかし、それにしてもあの娘が殺されたのには驚きましたよ。ゆうべ家内からきいてびっくりしてしまいました」

猪場氏はさすがに顔色をくもらせた。

「あなたが『大勝利』へいくようになったのは、やっぱりあの娘に勧誘されたので……?」

*ロマンス・グレー……大人の魅力を持った白髪まじりの中年紳士をさす言葉。一九五四年に流行語になった。

「そうです、そうです。ああ、来島君にお聞きになったんですね。あの娘はちょっと妙な娘でしてね、どうやらわたしと来島君に目をつけていたらしく、いろいろと気をひくようなことをいって反応をためすんですね。まあ、たったひとりの姉を殺されたのだからむりもないが、アリバイなんてことをぜったいに信用せんのですね」

猪場氏はちょっとしろい歯をみせてわらったが、すぐまた心苦しそうに顔色をくもらせた。

「それで、あの娘に最後におあいになったのは……？」

「さあ、半月ほどまえでしょうか。ただし、二十五日の正午過ぎ、電話で話したことは話したんですが……」

「電話……？　あの娘からかけてきたんですか」

「ええ。どっかの自動電話[*]からだといってましたが、なんだかひどく興奮してまして、いまにもだれかに殺されそうなことをいうんです」

等々力警部はちらと金田一耕助の顔をみて、イスから大きく乗りだした。

「つまり、田鶴子を殺した犯人にですね」

「もちろんそうでしょうねえ。それで、ぜひ会って話したいというんですが、あいにくわたし、その日の二時の飛行機で大阪へたつことになってたものですから断ったんです。そのときはあの娘がなにをいうことやらと問題にもしなかったんですが、いまから思えばかわいそうなことをしました」

と、猪場氏はちょっと鼻をつまらせて、

＊自動電話……公衆電話のこと。昔はこう呼ばれていた。

「そういえば、いつものシンデレラ的空想談ではなくて、話がいささか具体的だったことに、いまになって気がつくんですがね」

「具体的というのは……？」

と、金田一耕助もおもわず体を乗り出した。

「いやあ、なんでも、たしかな証拠をつかんだ……と、そこまではよかったんですが、それをお姉さまにあずけてある。だから、ぜひお兄さま……というのがわたしなんですがね、このわたしに相談にのってほしいというんです」

「たしかな証拠をお姉さまにあずけてある……？」

「そうです、そうです。それですから、またれいのシンデレラかと思ったわけです。しかし、証拠というような言葉をつかったところをみると、なにかあの娘はあの娘なりに具体的なものを握ったんじゃないでしょうかねえ」

「あなたはそれを来島君に不利な証拠だとお思いになるんですか」

と、これは等々力警部の質問だった。

「来島君？　とんでもない。むしろ、わたしと来島君があの娘にいちばん信頼をはくしてたんじゃないでしょうかねえ。あの『大勝利』へは田鶴子の旧知のご連中がほとんど漏れなくやってくるんですよ。夢見る夢子さんはそういう点では敏腕家でしたよ」

「猪場さんは」

と、金田一耕助がとつぜんよこからおだやかながら痛烈な一矢をむくいた。

「かつての愛人の妹があいうところで働いていることにたいして、良心の呵責をおかんじになりませんでしたか」

それを聞くと猪場栄氏は、ぎくっと体をふるわせていたが、みるみるその目に涙がにじんできた。

「それは、もちろん。わたしもなんとかしてやりたかったんです。あんまりけなげでもあり、いたましくもありましたからね。だけど、あの娘さんがあまり田鶴子に似てくるものだから……わたしは家庭を破壊することを好まなかったんです。家内は……家内は……めかけの腹に子供……それも男の子がうまれることをおそれるんです。ご存じかどうか、うちには娘ひとりきゃいないもんだから……家内にもずいぶん苦労をかけましたからね」

猪場氏はそっとハンカチではなをかんだが、いまの言葉はかれが美禰子を愛していたことを告白しているのもおなじではないか。そして、ひょっとすると、美禰子の夢想していた貴公子もこの猪場氏ではなかったか……。

金田一耕助が等々力警部と顔見合わせているところへ、卓上電話のベルがジリジリ鳴りだした。猪場氏は受話器をとって、ふたことみこと話していたが、すぐ等々力警部のほうへむきなおると、

「警部さん、あなたにお電話です。西村さんというひとから……」

「ああ、そう。いや、どうも……」

西村といえば、北沢署の捜査主任、西村警部補にちがいない。

等々力警部は受話器をとって、ふたことみこと話をしていたが、

「な、な、なんだって！　そ、そ、それじゃ来島武彦が……」

といいかけて、はっと気がついたように言葉をのむと、ふむ、ふむ、ふむと、あとはいっさいふむ、ふむの一点張りで話をきいていたが、

「よし、わかった。こちらのほうの話はだいたいおわったから、すぐこれから出向いていく」

と、がちゃんとはげしい音を立てて受話器をおいた警部のほおは真っ赤に紅潮していて、ひとみには凶暴とさえおもわれる光がやどっていた。

「警部さん、来島君がなにか……？」

と、ふしぎそうに質問する猪場氏の顔を警部はにらむようにみて、

「いや、いずれこんやの夕刊に出るでしょう。たいへん失礼いたしました。そのうちに、本庁のほうへおいで願うかもしれませんから、その節

はよろしく。金田一さん、いきましょう」

表へ出て自動車にのると、金田一耕助がはじめて口をひらいた。

「警部さん、来島武彦がどうかしたんですか」

「死んだ！」

と、ひと声いった警部の口調は、血がたれそうなほどきびしかった。

「死んだあ……？」

さすがに金田一耕助もぎょっとしたように警部の顔をふりかえったが、

「殺されたのですか」

と聞きかえした声は、案外落ち着いたものだった。

「いや、それはまだはっきりしないそうです。れいの焼け跡の廃墟に首をくってぶらさがってるのが、さっき発見されたというんです。自殺したのか、だれかに自殺をよそおわされたのか」

金田一耕助はゾクリと体をふるわせたが、ふと自動車の外に目をやると、

「あっ、君、君、ちょっと自動車をとめてくれたまえ」

と、あわてて運転手に声をかけた。

「金田一さん。ど、どうしたんですか」

と、等々力警部がびっくりしたように尋ねると、

「警部さん、ここに交番があります。ここの電話をかりて、本庁へ電話をかけておいてください。猪場氏をげんじゅうに監視するようにって。それから、ついでのことに、猪場氏の本宅へひとをやって、夫人もげん

じゅうに見張っているようにって」

「き、金田一さん、そ、それじゃ夫婦共謀で……?」

「いいえ、わけはあとで話しましょう。さあ、どうぞ」

と、金田一耕助はみずから自動車のドアをひらいて通路をあけた。

二

代々木上原の焼け跡の周囲は、きのうにまさる黒山のひとだかりである。この静かな郊外の住宅地は、どうやら殺人鬼にとりつかれたらしい。あいつぐ怪事、惨劇に、おそらくその付近に住むひとびとはやすき思いもなかったろう。

金田一耕助は等々力警部とともに焼け跡へはいっていったが、ひとめむこうをみると、おもわず慄然として足をとめた。きのう美禰子の死体のよこたわっていた日時計のすぐそばに、大きなサルスベリの木が烈日のなかに真っ赤な花をひらいている。

そのサルスベリの太い枝から、来島武彦の死体がぶらさがっているのである。武彦はギャバのズボンに開襟シャツをきていて、足にはきのう見たようにサンダルをひっかけているのではなくて、ちゃんとくつをはいていた。

等々力警部もさすがに顔をしかめて、

「どうだ、自殺か、他殺か」

と、真っ赤に顔を紅潮させている西村警部補に尋ねた。

「いいえ、まだはっきりしたことはいえないんですが、自殺よりも他殺の可能性のほうが大きいらしいんです」

「すると、ここで殺されたのかね。それとも、どこかほかの場所で殺されて、ここまで運んでこられたのか」

「それもいまのところはっきりしないんですが、どちらかというと、あとの場合じゃないかというんですね。というのは、ついこのさきの横町に、ゆうべの夜中の一時ごろ自動車がおいてあったのを見たものがあるというんですね。その自動車がはたしてこんどの事件に関係があるのかどうか不明なんですが……」

等々力警部はいまいましそうに舌打ちして、

「いったい、だれだい、そいつは……？　真夜中にへんなところに自動車がおいてあったら、なんとか交番の注意くらいうながしたらよかりそうなものに……きのうもああいう事件があったやさき……」

「いや、ところが、その男がなにげなく見のがしたのも無理はないんですね。このへんにゃやたらに外人がすんでるんですが、その連中ときたらガレージももたずに道路へ＊パークしておくんですね。自動車がとまっていた横町にも外人が住んでるんで、その自動車だろうと思ってなにげなく見のがしたが、あとから考えると少し型がちがっていたようだというし、いま外人のところへ聞きあわせたら、ゆうべ自動車でかえってきたのは二時すぎだというんです。だから、やっぱりその自動車で……」

そこへ医者がやってきたので、死体がサルスベリの枝からおろされた。

医者はひとめ首のまわりについているくびられた跡をみると、

「悪党め！」

＊パーク……駐車。

と、吐き出すようにつぶやいた。

「先生、するとこれは自殺では……？」

「自殺か他殺かこれを見てごらん」

医者が指さしたのはのどのまわりについている細いひものあとである。しかも、サルスベリの枝からぶらさがっているのは、その跡よりもはるかに太いロープだった。

「被害者はこのロープよりもっと細い強靭なひもでくびられたのだろうが、そのひもをこのサルスベリにぶらさげておくと、足のつくうれいがあったんだろうな。小刀細工をしやあがって……」

「警部さん」

とつぜん、そばから金田一耕助が等々力警部のそでをひいた。

「ここは西村さんにまかせておいたらよろしいでしょう。ちょっとぼくといっしょにいらっしゃいませんか」

「金田一さん、どこへ……？」

「いえ、どこでもいいです。ぼく、ちょっとたしかめたいことがありますから」

「ああ、そう」

金田一耕助のやりくちをよくしっている等々力警部は、多くは聞かず、西村警部補に適当な指令をあたえると、すぐ自動車にとびのった。

「金田一さん、自動車、どこへやりますか」

「目白……椎名町まで」

「あっ、美禰子のアパートですね」

金田一耕助は無言のままうなずいた。

「美禰子のアパートになにか……?」

「いや、それより、警部さん、美禰子の死体はもう解剖からかえっていますか」

「ああ、それは新橋の『大勝利』のほうへ送りかえすことになっています。花井とマダムがそう申し出たんです。あっちのほうでお通夜をするんだそうで」

「それはまた殊勝なことですね」

金田一耕助の声にちょっと皮肉なひびきがこもった。

「金田一さん、美禰子の死体になにか用でも……」

「いえ、ぼくの用があるのは死体じゃないんです。ちょっと美禰子の部屋をのぞいてみたいんですよ」

三

アパートへ着くと、管理人がおどおどしながら美禰子の部屋へ案内した。それは六畳のひとまきりだが、部屋に似合わぬりっぱな洋服ダンスがおいてあるのは、きっと姉のかたみだろう。

金田一耕助はくるりと部屋のなかを見まわすと、にっこり笑って、管理人を立ち去らせた。

「金田一さん、なにか……?」

と、等々力警部の息がはずんだ。

「ええ。あれ」

と、金田一耕助が指さしたのは、壁間にかかげてある黒衣の歌手の写真である。

「なるほど、美禰子に似てますね。これじゃ猪場夫人が美禰子を警戒したのもむりはない」

金田一耕助はつぶやきながら机を写真のしたにもってくる。

「金田一さん、その写真がなにか……」

「いや、夢見る夢子さんがお姉さまにどのような証拠の品をあずけておいたか……」

と、金田一耕助は机のうえへあがって写真をなげしから取りおろすと、裏の板をはずしにかかる。さすがに金田一耕助の顔も緊張し、等々力警部の息はいよいよはずんだ。

金田一耕助が裏板をはずすと、写真のうしろに古新聞が折ってかさねてある。耕助はその新聞をひろげていったが、するとなかから現れたのは数枚の百円紙幣である。そのほかにはべつになにもかくしてなかった。

「金田一さん、証拠というのは……？」

と、等々力警部はふしぎそうな目を耕助にむけたが、百円紙幣をとりあげてすかしはじめた相手の一種異様なつよい目つきに気がつくと、等々力警部は思わずぎょっと両のこぶしをにぎりしめた。

「金田一さん、そ、それじゃ、これはいま問題になっている贋造紙幣だと……」

「警部さん」

と、金田一耕助は警部のひとみのなかをのぞきこみながら、きびしい声で語りはじめた。

「あなたにお説教するようで恐縮ですけれど、美禰子は夢想家ではあったが、バカじゃなかったのですよ。いえ、いえ、夢想家にありがちな、いたって頭のするどい娘でした。そしてねえ、警部さん、夢想家というものはじぶんでいろんな場合を空想することは好きだが、他人の夢想には乗らないのがふつうだと思うんです」

「と、おっしゃるのは……?」

等々力警部はまだ金田一耕助の言葉の意味を捕捉しかねて、さぐるように相手の顔色をながめている。

「いえねえ、警部さん、夢想家というものは空想力が発達しているでしょう。だから、ふつうの人間ならそのままうのみにすることでも、夢想家はもうひとつその裏を考えてみる。――これがふつうだと思うんです。だから、夢想家はふつうの人間より本能的に警戒心が強いものです。だから、あんなへんてこな活字の張りまぜ手紙を受け取ったばあい、ふつうの人間ならその指令どおり行動したかもしれませんが、夢想家の美禰子は当然その裏を考えてみるはずなんです。これにはなにかトリックがありはしないか……じぶんをおとしいれようとしているわなではないかと……そうすると、美禰子は当然ぼくのところへ真偽の問い合わせを電話ででもいってきたはずです。美禰子はぼくんちの電話番号もしってるし、まえにも二、三度電話をかけてきたことがあるんですからね。それもやらないで、ああいういかがわしい手紙の指令どおり動くには、美禰子はあまりにも空想力がありすぎ、あまりにも警戒心が強すぎたろうと思うんです。つまり、それが夢想家というものなんですよ」

「金田一さん、つまり、あなたのおっしゃるのは、美禰子があの焼け跡へ出向いていったのは、あの手紙とは関係がなかった。なにかもっとべつの理由か動機で出向いていったのだろうとおっしゃるのですか」

金田一耕助は首を左右にふりながら、悩ましげな目をして、

「警部さん、さっきの医者の話では、来島武彦はあの場所で殺されたのじゃない、ほかの場所で殺されてあそこへ運んでこられたのだろうということでしたね。美禰子もやっぱりそうだったろうと考えてはいけないでしょうか」

「金田一さん！」

「美禰子を殺してしまえば、イブニングでもネックレスでもぞうさなく手にいれることができましょう。美禰子はいつもこの部屋のカギを身につけていたでしょうからね」

「ふむ、ふむ。それで……？」

等々力警部にはまだ金田一耕助のいおうとすることがよくわかっていないのである。しかし、金田一耕助がこういう話しかたをするときは傾聴*に値するということを、だれよりもよくしっている警部なのである。

「つまり、美禰子はどこかで殺されたが、そのとき彼女の身につけていたものは、あんなドラマチックな衣装ではなかった。ふつうのふだん着

＊傾聴……耳をかたむけて熱心にきくこと。

であった。ところが、そのあとで犯人がこの部屋へ忍んできて、イブニングやネックレスをもち出して、それを美禰子の死体に着せて、それからああいうへんてこな手紙を胸におしこんでおいて、ホタルのランタンといっしょにあの焼け跡へ運んでいったと考えちゃいけないでしょうか」

「しかし、金田一さん、犯人はなんだってそんなややこしいことをする必要があったんですか。なんだってそんな手数のかかることを……」

「動機をカムフラージュするためですよ、警部さん。それと、殺人の現場だってごまかせますからね。ああしておけば、美禰子はあの焼け跡で殺されたと思われますし、またその動機だって、三年まえの田鶴子殺しと関係があると信じられますからね」

「じゃ、こんどの美禰子の殺害事件は、三年まえの田鶴子殺しと関係はなく、動機はべつにあったと……」

と、

といいかけて、等々力警部はじぶんの手にある贋造紙幣に目を落とすと、

「き、き、金田一さん！」

と、警部の血管はとつぜんいまにも破裂しそうなほどふとく大きく額にふくれあがった。

「そ、それじゃ、美禰子はこの贋造紙幣のために殺されたとおっしゃるんですか」

金田一耕助は暗い目をしてうなずいた。

「そ、そ、それじゃ猪場夫妻が……」

金田一耕助はうすく微笑すると、もじゃもじゃ頭をペコリとさげて、

「失礼しました。ぼくが猪場氏夫妻を監視していただきたいとお願いしたのは、あのふたりが犯人であるからではなく、紙幣偽造団の凶手からあのふたりを守っていただきたいと思ったからです。猪場氏自身がいってたでしょう。来島武彦とじぶんとが、いちばん美禰子に信頼されていたと……げんに、美禰子はそのことで猪場氏に相談しようとしたくらいですからね。しかも、美禰子にはんぶん事実を打ち明けられた来島武彦が殺害されたとすると、ひょっとするとこんどは猪場氏と、猪場氏の後につながる夫人じゃないかと思ったものですから……」

等々力警部は大きく息をうちへ吸い込むと、まるで相手をにらみ殺しそうなほどすさまじい目で金田一耕助の顔を見すえながら、

「承知しました。金田一先生、猪場氏夫妻はわれわれの手で保護しましょう。しかし、紙幣偽造の犯人は……？」

金田一耕助はしばらく黙っていたのちに、

「警部さん、これはぼくの推理の勝利ではないのですよ。むしろ、経験の勝利とでも申しましょうか……」

「経験の勝利とおっしゃると……？」

「ぼくは『大勝利』で、四度偽札をつかまされました」

「だ、大勝利……？　あのパチンコ屋！」

等々力警部が大きくうめいて歯ぎしりをした。

「そうです、そうです。おなじ店で四度というのは、いささか確率がたかすぎると思ったのです。だが、考えてみると、パチンコ屋というのは偽札をバラまくのにはうってつけの商売ですね。そこではしじゅう小銭が動いているし、客は血まなこですからね。そこで、ぼく、花井達造経営するところの他の三軒のパチンコ屋を、ものはためしと三度ずつまわってみたところが、はたしてどの店でもつかまされましたよ、偽札を……だから、そろそろ警部さんのご注意を喚起しようと思っていたやさき持ち上がったのがこんどの事件でした」

しいんと骨に食いいるような沈黙が、おもっくるしく金田一耕助と等々力警部のあいだにながれた。しかし、それは不愉快な重っくるしさではなく、このふたりにだけ理解される味の濃い友情と感謝の沈黙なのである。

やがて、等々力警部は消防自動車のサイレンのように大きな音をたて

てため息をつくと、

「金田一先生、ありがとうございました。これでながいあいだわれわれを悩ましていた紙幣偽造団も一掃されましょう。だが、さいごにお聞きしたいんですが、それじゃこんどの事件は、三年まえの田鶴子殺しとぜんぜん関係がないのですか」

「もちろんないでしょうね」

「ち、畜生！」

「あの事件はやはり捜査当局の見込みどおり、流しの犯行じゃなかったでしょうかねえ。たまたま偽札つくりの犯人を見やぶった人物、美禰子という娘があの事件の被害者の妹で、しかも口癖のようにあの事件の話をしていたものだから、犯罪現場と動機をカムフラージュするために、犯人、あるいは犯人たちにたくみに利用されたんでしょう」

「そして、来島武彦もあの事件にいささか関係があったので、これまた動機と現場転換のために、死体をあそこへ運びやがったんですね」

「たぶんそうだろうと思いますね」

「そうすると、猪場夫妻もあの事件に関係があるのだから、危ないと思ったら犯人たちは、夫妻を殺してあの焼け跡へ……」

「そうです、そうです、警部さん。だから、この凶暴な紙幣贋造団を検挙してしまうまであの夫婦を保護していただきたいのですが、もうひとり警察の手で保護していただきたい人物がいるんです」

「だれですか、それ？」

「金田一耕助」

そういって、金田一耕助は警部のまえにペコリとひとつ頭をさげた。

作品解説と読書ガイド

野村宏平

名探偵・金田一耕助が初めて登場したのは、『本陣殺人事件』という長編です。この作品は太平洋戦争が終わってすぐの一九四六年、横溝正史が探偵小説専門誌『宝石』で連載を開始したものですが、物語のなかの時代はそれよりも九年前の一九三七年という設定でした。

岡山県の旧家で起きた密室殺人事件を解決するため、金田一耕助がやってくるのですが、そのとき作者の横溝正史は、「この青年は飄々乎たるその風貌から、どこかアントニー・ギリンガム君に似ていはしまいかと思う」と書いています。アントニー・ギリンガムというのは、『くまのプーさん』でおなじみのイギリス人作家A・A・ミルンが書いたたったひとつのミステリー長編『赤い館の秘密』に登場するしろうと探偵です。

ふたりとも気の向くままに放浪生活をしてきた自由人で、つかみどころがないというのが共通点ですが、外見はかなりちがいます。ギリンガムがひげ剃りあともすがすがしい顔をした好青年なのに対して、われらが金田一耕助は、見た目のパッとしない貧乏くさい小男で、しわだらけの着物によれよれのハカマ姿。すり減った下駄から見える足袋は破れて爪が出そうになっているし、髪の毛はボサボサで、興奮するとそれをかきまわしてフケをあたりにまき散らすというありさまです。

といっても、こういう服装は当時の日本ではそれほど珍しいものではなく、東京ではよく見かけるありきたりのかっこうでした。江戸川乱歩が生み出した名探偵・明智小五郎も一九二五年のデビュー当時は同じような姿をしていて、モジャモジャの髪の毛をかきまわす癖がありました。ただ、明智が時代とともにスマートでダンディな紳士に変わっていったのに対し、金田一はそれから何年たってもずっと同じスタイルを通しました。日本人の多くが洋服を着るようになっても和服姿だったので、いつしかそれがかえって目立つようになり、かれのトレードマークになっていったというわけです。

ときには、変装のためにスーツを着ることもありましたが、あまり似合わなかったようで、愛用することはありませんでした。そもそも、おしゃれにはまったく関心がなく、身なりは気にしないというのが金田一の生き方なのです。

にもかかわらず、女性には意外ともてるほうでした。ちょっとだらしなく見えるところが母性本能をくすぐるようですが、いちばん大きな理由は、かれが魅力的な笑顔の持ち主で、人なつこい性格をしていたからでしょう。

じつは、このことが金田一が探偵活動をするうえで、大きな武器にもなっていました。金田一に接した人はみんな気を許して、なんでもしゃべってくれるからです。これによって金田一は、警察でも聞き出せないような重要な証言を集めることができるのです。

かれの人がらにほれたのは、物語のなかの登場人物ばかりではありません。金田一耕助の物語が何回も映画化やテレビドラマ化されて、高い人気を誇っているのは、ストーリーのおもしろさにくわえて、金田一の人間味あふれた親しみやすい性格にひきつけられるファンが多いからでしょう。失敗することもときどきありますが、最後にはどんな難事件でも持ち前の推理力できっちり解決してみせるところも、おおきな魅力です。

この本におさめた「蝙蝠と蛞蝓」（一九四七年）は、金田一耕助のことを知らない人間の目から描かれた異色の短編です。主人公の大学生は、アパートのとなりの部屋に越してきた金田一を最初はきらっているのですが、殺人事件の容疑者にされたところをかれに救われ、金田一に対する評価をあらためます。

もうひとつの「夢の中の女」（一九五六年）では、三年前に殺された姉の事件を調べていた夢想家の女性が殺されます。しかも彼女は、金田一の名をかたった手紙におびき出されていたのです。自分の名前を利用された金田一は捜査を開始しますが、浮かびあがってきたのは意外な事実でした。

このほか短編小説にもおもしろいものはたくさんありますが、金田一耕助の魅力をぞんぶんに味わえるのは、やはり長編小説といっていいでしょう。デビュー作の『本陣殺人事件』、瀬戸内海に浮かぶ島で俳句どおりに旧家の三姉妹が殺されていく『獄門島』、かつて大量殺人がおこなわれた村で新たな惨劇が発生する『八つ墓村』、名家の遺産相続をめぐって連続殺人が起こる『犬神家の一族』、古くから伝わる手毬唄の歌詞にそって人が殺されていく『悪魔の手毬唄』などは、戦後の日本に長編本格ミステリーの黄金時代をもたらし、いまでも高く評価されている傑作群です。

いずれも呪いかたたりのしわざではないかと思えるような怪奇的な事件を描いた、おどろおどろしい雰囲気の物語ですが、それらの難事件を金田一は理詰めの推理で見事に解決してみせます。これらを読めば、ミステリー小説のおもしろさ、楽しさをもっと知ることができるにちがいありません。

挑戦しよう!

金田一耕助クイズ

第一問

金田一耕助がはじめて解決した事件はどこで起こったものでしょうか?

①**東京**

②**岡山**

③**サンフランシスコ**

第二問

金田一耕助と親しい岡山県警の警部はだれでしょう?

①**等々力警部**

②**磯川警部**

③**島田警部**

答えは次のページに!

第一問の答え

③サンフランシスコ

戦前、金田一耕助はアメリカの西海岸を放浪していましたが、サンフランシスコに住んでいる日本人のあいだで奇怪な殺人事件が発生し、これを見事に解決してみせたといいいます。

第二問の答え

②磯川警部

金田一耕助は岡山県に縁が深く、何回も出かけていっては事件を解決しています。そのとき、よきパートナーとなってくれるのが磯川警部です。いっぽう、東京で事件を捜査するときは警視庁の等々力警部が相棒をつとめます。

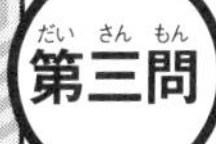

次の作品のうち、岡山県が舞台でないものはどれでしょう?

①本陣殺人事件
②悪霊島
③犬神家の一族

第四問

金田一耕助が活躍する作品のなかには、実話をヒントに書かれたものがあります。それはどれでしょう?

①八つ墓村
②獄門島
③悪魔の手毬唄

答えは次のページに!

第三問の答え

③犬神家の一族

『本陣殺人事件』と『悪霊島』の舞台は岡山県ですが、『犬神家の一族』は信州（長野県）で事件が発生します。

第四問の答え

①八つ墓村

1938年、岡山県の山村で、ひと晩のうちに村人30人がひとりの男によって殺されるという事件が起こりました。この事件をヒントに書かれたのが『八つ墓村』で、こちらでは、32人の村人がひと晩で殺された事件が語られます。

第五問

横溝正史は金田一耕助よりも先に、もうひとり名探偵を生み出していました。それはだれでしょう?

①由利麟太郎
②法水麟太郎
③法月綸太郎

第六問

金田一耕助最後の事件を描いた作品はどれでしょう?

①仮面舞踏会
②病院坂の首縊りの家
③迷路荘の惨劇

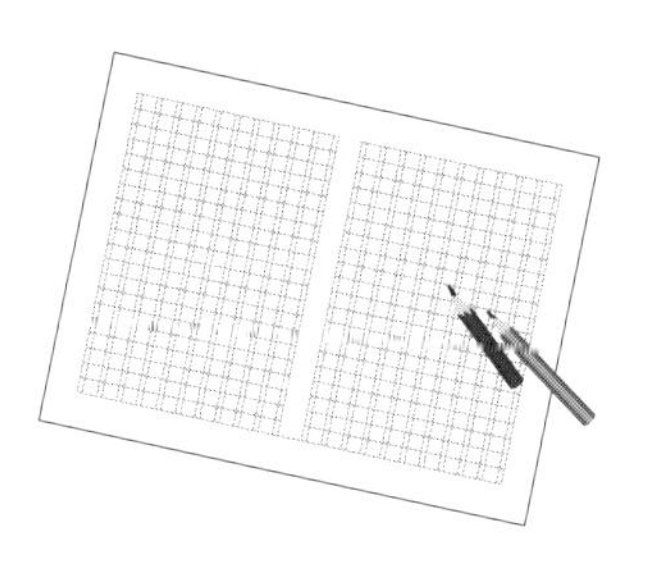

答えは次のページに!

第五問の答え

①由利麟太郎

金田一耕助は1946年の『本陣殺人事件』で初登場しましたが、それ以前の横溝正史作品で名探偵役をつとめることが多かったのが、警視庁の元捜査課長・由利麟太郎です。みんなから「先生」と呼ばれてしたわれる老紳士で、代表作としては『真珠郎』『蝶々殺人事件』などがあります。

ちなみに法水麟太郎は戦前の探偵作家・小栗虫太郎が生み出した名探偵、法月綸太郎は現代のミステリー作家で、作者と同じ名前の名探偵が活躍する小説を書いています。

第六問の答え

②病院坂の首縊りの家

金田一耕助は1973年にこの事件を解決すると、ふたたびアメリカに旅立ちました。その後、どうなったのかは作者の横溝正史にもわからないそうです。

初出／「蝙蝠と蛞蝓」　『金田一耕助ファイル6　人面瘡』　角川文庫　一九九六年十月刊
「夢見る夢子さん」　『金田一耕助の冒険2』　角川文庫　一九七九年六月刊

作品の一部に今日の人権意識に照らして不当・不適切と思われる語句がふくまれていますが、著者が故人であること、また、発表当時の時代的背景を鑑み、原文のままとしました。

キャラクター紹介・クイズ作成／野村 宏平（のむら こうへい）
ミステリー研究家。早稲田大学文学部中退。大学在学中はワセダミステリクラブに所属する。著書に『ミステリーファンのための古書店ガイド』（光文社文庫）、『乱歩ワールド大全』（洋泉社）、『少年少女昭和ミステリ美術館』（平凡社、共編）など。特撮にも造詣が深く、特撮関係の著書に『ゴジラ大辞典』（笠倉出版社）、『ゴジラと東京　怪獣映画でたどる昭和の都市風景』（一迅社）、『ゴジラ365日』（洋泉社、共編）などがある。

カバー・本文イラスト／上杉 久代
本文デザイン／西村 弘美

はじめてのミステリー　名探偵登場！

金田一耕助

2017年3月　初版第1刷発行

著　横溝正史

発行者　小安宏幸
発行所　株式会社 汐文社
東京都千代田区富士見1-6-1
富士見ビル1F　〒102-0071
電話：03-6862-5200　FAX：03-6862-5202
印刷　新星社西川印刷株式会社
製本　東京美術紙工協業組合

ISBN978-4-8113-2363-3　乱丁・落丁本はお取り替えいたします。